中國語言文字研究輯刊

十 六 編

許 學 仁 主編

第7冊

概念場詞彙系統及其演變研究
——以《朱子語類》爲中心（下）

甘 小 明 著

花木蘭文化事業有限公司

國家圖書館出版品預行編目資料

概念場詞彙系統及其演變研究——以《朱子語類》為中心(下)
／甘小明 著 -- 初版 -- 新北市：花木蘭文化事業有限公司，
2019〔民 108〕
目 2+146 面；21×29.7 公分
（中國語言文字研究輯刊 十六編；第 7 冊）
ISBN 978-986-485-697-8（精裝）
1. 朱子語類 2. 研究考訂
802.08   108001142

ISBN-978-986-485-697-8

9 789864 856978

中國語言文字研究輯刊
十六編　第七冊　　　　　ISBN：978-986-485-697-8

概念場詞彙系統及其演變研究
——以《朱子語類》爲中心（下）

作　　　者　甘小明
主　　　編　許學仁
總 編 輯　杜潔祥
副總編輯　楊嘉樂
編　　　輯　許郁翎、王　筑　美術編輯　陳逸婷
出　　　版　花木蘭文化事業有限公司
發 行 人　高小娟
聯絡地址　235 新北市中和區中安街七二號十三樓
　　　　　　電話：02-2923-1455／傳眞：02-2923-1452
網　　　址　http://www.huamulan.tw 信箱 hml810518@gmail.com
印　　　刷　普羅文化出版廣告事業
初　　　版　2019 年 3 月
全書字數　255168 字
定　　　價　十六編 10 冊（精裝）　台幣 28,000 元

概念場詞彙系統及其演變研究
——以《朱子語類》爲中心（下）

甘小明　著

目次

第三章　評價概念場詞彙系統及其演變研究

　　評價就是運用一定的標準對特定的想法、方法和材料等的準確性、實效性、經濟性以及滿意度等方面做出價值判斷的過程。和動作和狀態相比，評價是人類認知處理過程的一個帶有主觀色彩的行為。本章選取《朱子語類》中「阿諛、欺騙、拘泥、錯誤、失常、吵鬧」共六個評價概念場詞彙系統為研究對象，試圖勾勒出以《朱子語類》為中心的評價概念場詞彙系統的共時面貌和歷時演變過程，為漢語評價概念場詞彙系統的研究提供斷代層面的參考資訊。

一、阿諛概念場詞彙系統及其演變研究

　　阿諛，指不顧客觀實際專門諂媚奉承討好別人的行為。《朱子語類》中有「趨、阿、諛（臾）、媚、諂、奉、迎」為核心語素的七類詞指稱阿諛概念場。

（一）共時材料描寫

1. 趨

　　1.1 單用時《朱子語類》中的「趨」多與主體認為積極意義的詞連用，其動作性還是很強，更多的表現為「親昵依附」義，表諂媚的意義不明顯。

〔1〕固是有一般小人，伺侯人主顏色，迎合趨湊，此自是大不好。
（3，46，1172）

〔2〕賓師不以趨走承順爲恭，而以責難陳善爲敬。（4，56，1325）

〔3〕曰：「神宗盡得荊公許多伎倆，更何用他？到元豐間，事皆自做，只是用一等庸人備左右趨承耳。」（8，130，3096）

1.2 場內組合：**趨媚**。

〔4〕自秦師垣主和議，一時去趨媚他，春秋義才出會夷狄處。（6，83，2176）

1.3 場外組合：**趨時附勢、趨炎附勢**。

〔5〕曰：「如此人趨時附勢以得富貴，而自爲樂者也。」（5，70，1771）

〔6〕嘗謂左氏是箇猾頭熟事，趨炎附勢之人。（6，83，2149）

2. 阿

2.1 單用時有固定格式「阿其所好」，在語義上凸顯出「投其所好」的傾向。

〔1〕或問「宰我子貢有若智足以知聖人，汙不至阿其所好」。（4，52，1276）

2.2 場內組合：無。

2.3 場外組合：**阿附、附阿、阿黨、阿比、阿世、依阿鶻突、依阿苟免**。

〔2〕今人卻是自家先自不正當了，阿附權勢，討得些官職富貴去做了，便見別人阿附討得富貴底，便欲以所以恕己者而恕之。（2，18，426）

〔3〕夷考其行，不爲諸公所與，遂與王及之王時雍劉觀諸人附阿耿南仲，以主和議。（8，130，3133）

〔4〕大抵君子立心。自是周遍，好惡愛憎，一本於公。小人惟偏比阿黨而已。（2，24，583）

〔5〕小人是做箇私意，故雖相與阿比，然兩人相聚也便分箇彼己了。（3，43，1111）

〔6〕如士人應科舉，則同也；不曲學以阿世，則異矣。（5，72，1830）

〔7〕若乃依阿鶻突，委曲包含，不別是非，要打成一片，定是不可。（7，120，2897）

〔8〕只說箇是與不是便了，若做不是，恁地依阿苟免以保其身，此何足道！（8，123，2966）

3. 諛（臾）

3.1 單用時出現的格式有「下諛其上、君諛其臣、上諛其下」等，在語義上具有普遍性。

〔1〕今之表啓是下諛其上，今之制誥是君諛其臣。（6，91，2335）

〔2〕敬之云：「先生常說：『表奏之文，下諛其上也；誥敕之文，上諛其下也。』」（7，109，2697）

3.2 場內組合：阿諛。

〔3〕如孝與忠，若還孝而至於陷父於不義，忠而至於阿諛順旨，其所以忠與孝則同，而所由之道則別。（2，24，575）

〔4〕若用健，便是悖逆不孝之子。事君，須是立朝正色，犯顏敢諫；若用順，便是阿諛順旨。（5，74，1884）

3.3 場外組合：諛說悅、諛辭、佞諛、獻諛、從臾諛、面諛、好諛悅色。

〔5〕如此，亦似里巷無知之人，胡亂稱頌諛說，把持放鷗，何以見先王之澤？（6，80，2076）

〔6〕後介甫罷相，子固方召入，又卻專一進諛辭，歸美神宗更新法度，得箇中書舍人。（8，130，3106）

〔7〕賀孫問先生出處，因云：「氣數衰削。區區愚見，以爲稍稍爲善正直之人，多就摧折困頓，似皆佞諛得志之時。」（7，108，2685）

〔8〕今本不是應付人情，又不是交結權勢，又不是被他獻諛，這是多少明白！（7，107，2672）

〔9〕李白見永王璘反，便從臾之，文人之沒頭腦乃爾！（8，136，3248）

〔10〕京曰：「不然。覺得目前盡是面諛脫取官職去底人，恐山林間有人才，欲得知。」（7，101，2570）

〔11〕問此章。曰：「此孔子歎辭也。言衰世好諛悅色，非此不能免，蓋深傷之。當只從程先生之說。」（3，32，809）

4. 媚

4.1 單用時有「溫柔」義，因有所求而向人展現出陰柔而逢迎取悅對方的行爲就是諂媚。如：「陰是柔媚底物事，在下則巽順陰柔，不能自立，須附於陽；在中，則是附麗之象；在上，則說，蓋柔媚之物，在上則歡悅。」（6，96，2469）

〔1〕「敬而遠之」，是不可褻瀆，不可媚。如卜筮用龜，此亦不免。如臧文仲山節藻梲以藏之，便是媚，便是不知。（3，32，818）

〔2〕《假樂詩》言「受天之祿」，與「千祿百福」，而必曰「率由群匹」，與「百辟卿士，媚于天子」。（6，81，2132）

4.2 場內組合：**趨媚、諂媚**。分別見「趨、諂」。

4.3 場外組合：**媚奧、媚竈、邪媚、取媚、求媚**。

〔3〕他見夫子當時事君盡禮，便道夫子媚奧。故夫子都不答他，只道是不如此，獲罪於天，則無所禱。何爲媚奧？亦何爲媚竈！逆理而動，便獲罪於天。（2，25，621）

〔4〕「兌說」，若不是「剛中」，便成邪媚。（5，73，1863）

〔5〕後乃大不然，一向苟合取媚而已！（7，109，2704）

〔6〕曰：「若說交際處煩數，自是求媚於人，則索性是不好底事了，是不消說。」（2，27，708）

5. 諂

5.1 單用時與「驕、瀆」相對，與「恭」相近。

〔1〕富無驕，貧無諂，隨分量皆可著力。（2，22，528）

〔2〕「君子上交不諂，下交不瀆。」蓋上交貴於恭，恭則便近於諂；下交貴和易，和則便近於瀆。蓋恭與諂相近，和與瀆相近，只爭些子，便至於流也。（5，76，1948）

5.2 場內組合：**諂諛、諂媚、諂曲**。

〔3〕有無益之言，無稽之言，與夫諂諛甘美之言；有仁義忠信之言。（3，46，1175）

〔4〕問：「『巧言、令色、足恭』，是既失本心，而外爲諂媚底人。」（2，29，748）

〔5〕曰：「『富與貴，不以其道得之』，若曰是諂曲以求之，此又是最下等人。」（2，26，647）

5.3 場外組合：諂佞、卑諂、脅肩諂笑、諂事。

〔6〕佞，不是諂佞，是箇口快底人。（2，28，712）

〔7〕曰：「豈非以卑承尊，易得入於柔佞卑諂；三子各露其情實如此，故夫子樂之？」曰：「都無那委曲回互底意思。」（3，39，1014）

〔8〕如省試義大段鬧裝，說得堯舜大段脅肩諂笑，反不若黃德潤辭雖窘，卻質實尊重。（8，122，2953）

〔9〕今若不肯自盡，只管去諂事鬼神，便是不智。（3，32，817）

6. 奉

6.1 單用時「奉」的對象多為「武帝、高宗、上」等身份很高的人物。

〔1〕如桑弘羊聚許多財，以奉武帝之好。（2，16，367）

〔2〕伊川云：「人主致危亡之道非一，而逸欲為甚。」渠當初一面安排，作太平調度，以奉高宗，陰奪其權，又挾虜勢以為重。（8，131，3163）

〔3〕龔實之笑王習之以不講和奉上意。先生謂習之直，不是奉上。（8，132，3178）

6.2 場內組合：無。

6.3 場外組合：取奉、奉承、奉順、奉己。

〔4〕曰：「君子無許多勞攘，故易事。小人便愛些便宜，人便從那罅縫去取奉他，故易說。」（3，43，1112）

〔5〕至於通判公，又為張趙所知，持論凜然，不肯阿附秦老，可謂「無忝於所生」者。（8，132，3174）

〔6〕事天只是奉順之而已，非有他也。（4，60，1433）

〔7〕介甫只好人奉己，故與呂合。（8，130，3101）

7. 迎

7.1 單用：無。

7.2 場內組合：迎合趨湊。

〔1〕固是有一般小人，伺侯人主顏色，迎合趨湊，此自是大不好。（3，46，1172）

7.3 場外組合：迎合、軟熟迎逢。

〔2〕遂使後生輩違背經旨，爭爲新奇，迎合主司之意，長浮競薄，終將若何，可慮！可慮！（7，109，2694）

〔3〕如「突梯滑稽」，只是軟熟迎逢，隨人倒，隨人起底意思。（8，139，3297）

根據以上材料分析，我們得出《朱子語類》阿諛概念場詞彙系統成員共時層次語義屬性分析表。

分析成員	單　　用	場內組合	場外組合	語義屬性
趨	多與主體認爲積極意義的詞連用，其動作性還是很強，更多的表現爲「親昵依附」義，表諂媚的意義不明顯	趨媚	趨時附勢、趨炎附勢	親昵依附
阿	單用時有固定格式「阿其所好」，在語義上凸顯出「投其所好」的傾向	無	阿附、附阿、阿黨、阿比、阿世、依阿鶻突、依阿苟免	曲從其意
諛（與）	單用時出現的格式有「下諛其上、君諛其臣、上諛其下」等，在語義上具有普遍性	阿諛	諛說、諛辭、佞諛、獻諛、從與、面諛、好諛悅色	用甜言蜜語奉承
媚	因有所求而向人展現出陰柔而逢迎取悅對方的行爲就是諂媚	趨媚、諂媚	媚奧、媚灶、邪媚、取媚、求媚	取悅
諂	與「驕、瀆」相對，與「恭」相近	諂諛、諂媚、諂曲	諂佞、卑諂、脅肩諂笑、諂事	橫求見容
奉	對象多爲「武帝、高宗、上」等身份很高的人物	無	奉順、奉己取奉、奉承	順從
迎	無	迎合趨湊	迎合、軟熟迎逢	接近

（二）歷時考察

1. 趨

本義爲「跑，疾走。《說文·走部》：「趨，走也。」（清）桂馥《說文解字義證·走部》：「趨，趨有疾徐二義。」而以碎步疾行表示敬意被認爲是古代的一種禮節。「表示敬意」自然可以博得對方好感，因而「趨」在此基礎上產生了「趨附；迎合」義，該義項從先秦沿用到現代漢語中。

〔1〕《墨子·非命上》：「是以近者安其政，遠者歸其德。聞文王者，皆起而趨之。」

〔2〕朱自清《古詩十九首釋》:「他們的來往無非趨勢利、逐酒食而已。」

2. 阿

本義指「山、水或其他的彎曲處」。《說文‧𨸏》:「阿,曲𨸏也。」投射到人類精神世界即「曲從」,語義上傾向於「曲從其意」,該義項從先秦沿用至清。

〔1〕《國語‧周語上》:「大臣享其祿,弗諫而阿之。」韋昭注:「阿,隨也。」

〔2〕(清)俞樾《茶香室三鈔‧梓潼文君》:「其人秉正不阿,故有忠義之目。」

3. 諛(臾)

本義指「用甜言蜜語奉承」。《說文‧言部》:「諛,諂也。」卷子本《玉篇‧言部》引《倉頡篇》:「諛,諂從也。」該義項從先秦沿用到現代漢語中。

〔1〕《書‧冏命》:「僕臣正,厥後克正;僕臣諛,厥後自聖。」

〔2〕孫犁《秀露集‧讀〈蒲柳人家〉》:「中國的曾國藩也患有此症,時時對著人搔爬,鱗屑飛落,拍馬者諛為龍變。」

4. 媚

本義為「喜愛」。《說文‧女部》:「媚,說也。」段玉裁注:「說,今悅字也。」即「逢迎取悅;巴結討好」,該義項從先秦沿用至清。

〔1〕《詩‧大雅‧卷阿》:「維君子使,媚于天子。」朱熹注:「媚,順愛也。」

〔2〕《二十年目睹之怪現狀》第一百零六回:「只有天天下功夫去媚秀英,甜言蜜語去騙他。」

5. 諂

本義為「奉承;獻媚」。《說文‧言部》:「諂,諛也。」《玉篇‧言部》:「謟(諂),佞也。」該義項從先秦沿用至現代漢語中。

〔1〕《易‧繫辭下》:「君子上交不諂,下交不瀆。」

〔2〕魯迅《二心集‧〈現代電影與有產階級〉譯者附記》:「驕和諂相糾結的,是沒落的古國人民的精神的特色。」

6. 奉

本義指「承受；接受」。《說文·廾部》：「奉，承也。」宋代引申出「順從，討好」之義，沿用至清。

〔1〕《梅妃傳》：「力士方奉太眞，且畏權勢。」張友鶴注：「奉，趨奉，巴結。」

〔2〕《兒女英雄傳》緣起首回：「就是作天的，也不過奉著氣運而行，又豈能合那氣運相扭。」

7. 迎

本義爲「遇，相逢」。《說文·辵部》：「迎，逢也。」「逢」是接近的前提，「迎」由「逢」義延伸出「迎合，逢迎」之義，從六朝沿用至清。

〔1〕《孔子家語·入官》：「不因其情，則民嚴而不迎。」（三國魏）王肅注：「迎，奉也。民嚴畏其上而不奉迎其教。」

〔2〕《蕩寇誌》第七三回：「你看他方纔的那些言語，卻十分迎著來。我看他已是千肯，只不好自己開口。」

根據以上材料分析，我們可以得出《朱子語類》阿諛概念場詞彙系統成員歷時層次分析圖。

8. 拍馬屁

從清代開始，阿諛概念多用「拍馬屁」表示，此處一併放入圖中，詳細分析見本章小結部份。

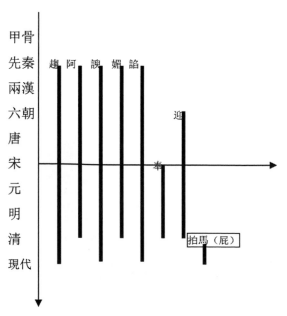

結合上圖，我們可以得出如下結論：

①阿諛概念場在先秦時期已基本定型，主體成員有「趨、阿、諛、媚、諂」；六朝新增的成員有「迎」，宋代新增的成員有「奉」，二者均沿用至清。

②以上成員中沿用至清的有「阿、媚、奉、迎」，沿用至現代漢語書面語的有「趨、諛、諂」。

③清代新增的成員有「拍馬屁」，該成員沿用至現代漢語並成為現代漢語中表達阿諛概念的常用口語詞。

二、欺騙概念場詞彙系統及其演變研究

欺騙，指以虛假的言行掩蓋事實真相，使人上當的行為。《朱子語類》中有「和、瀤（哄）、瞞、嚇、紿、謾、誆、脫、欺、詐、罔、譎」為核心語素的十二類詞及「脫賺、掩目捕雀」共同指稱欺騙概念場。

（一）共時材料描寫

1. 和、傾（瀤、哄）

1.1 單用。

〔1〕東坡則雜以佛老，到急處便添入佛老，相和去聲傾戶孔切瞞人。如裝鬼戲、放煙火相似，且遮人眼。（8，137，3276）

句中「和、瞞」都有「欺騙」義。而「傾」字費解，「記錄者於『傾』字下注云：『戶孔切』，則『戶孔切』此字當為『瀤』字之誤。《廣韻》『瀤』字正音『戶孔切』，與此注音相和，可證。」〔註1〕且《池錄》卷三十八亦作「瀤」。瀤、傾形近而誤。似借「瀤」的音記當時表「欺騙」的口語詞義，此義後寫作「哄」。「『哄』字《廣韻》、《集韻》收在去聲送韻，義同『鬨』，并無欺騙之義。蓋宋時雖有『哄騙』之詞，而無專賣記錄『哄』的字。故《集韻》并未收『哄騙』之『哄』字。《朱子語類》作『瀤』，係借用，《京本通俗小說》作『哄』，也係借用。」〔註2〕故《朱子語類》中的「和瀤」在後世文獻中多寫成「和哄」，同義連用表示「欺騙」義。

〔註1〕蔣冀騁《近代漢語詞彙研究》〔M〕長沙：湖南教育出版社，1991：186。

〔註2〕蔣冀騁《近代漢語詞彙研究》〔M〕長沙：湖南教育出版社，1991：186。

1.2 場內組合：無。

1.3 場外組合：無。

2. 瞞

2.1 單用。

2.1.1「瞞」單用時表欺騙義時指「故意使……不知道」，賓語大多爲人，也可以是物，後面一般不接動賓結構。

〔1〕曰：「有意瞞人，便是欺。」（3，44，1132）

〔2〕當初經、總制錢，本是朝廷去賴取百姓底，州郡又去瞞經、總制錢，都不成模樣！（3，42，1085）

〔3〕畢竟怎生會恁地發用，釋氏便將這些子來瞞人，秀才不識，便被他瞞。（5，74、1900）

〔4〕曰：「若是逼得他緊，他便來廝瞞，便是不由誠。」（6，87，2251）

2.1.2「瞞」表欺騙義時後面如果接上動賓結構，語義上就傾向「隱瞞」義，從詞語指稱上說，隱瞞表示動作，而欺騙表示結果，因而表示「隱瞞」義時動作性更強，可以用於連動結構中。可以據此對「瞞」的上述兩個義項進行區分。

〔5〕且如經、總制錢、牙契錢、倍契錢之類，盡被知州瞞朝廷奪去，更不敢爭。（7，106，2642）

〔6〕又曰：「夫子墮三都，亦是瞞著三家了做。」（4，47，1182）

2.2 場內組合：欺瞞、潣瞞。

〔7〕眾人只是樸實頭不欺瞞人，亦謂之忠。（2，21，487）

〔8〕在人則是智，至靈至明，是是非非，確然不可移易，不可欺瞞，所以能立事也。（5，68，1709）

潣瞞，見上文「潣」。

2.2 場外組合：無。

「瞞」的「欺騙」義爲隱含語義，多在特定的語境中，或者和場內其他成員如「欺、潣」連用時才能凸顯出來，這也決定了其不能成爲本概念場的核心成員。

3. 嚇（嚇）

3.1 單用：無。

3.2 場內組合：無。

3.3 場外組合：嚇人。

〔1〕謂如人有一石米，卻只有九斗，欠了一斗，此欠者便是自欺之
　　根，自家卻自蓋庇了，嚇人說是一石，此便是自欺。（2，16，
　　339）

〔2〕尹氏必不會嚇人，須是它自見得。（2，16，340）

嚇，似為「嚇」的記音詞，「嚇」有「欺誑」義。《龍龕手鑒》：「嚇，呼
嫁反，誑也，與誆同。」〔註3〕上前一例中「自欺之根」與「嚇人」並舉亦可
證。後一句有「須是它自見得」對「不會嚇人」作出解釋。可以確定上兩句
中「嚇」的欺騙義，「嚇人」即為騙人。又如 S2073《廬山遠公話》：「人生在
世，若有妙術，合有千歲之人，何不用意三思，枉受師人誆嚇！」例中「嚇」
亦為「嚇」的記音，「誆」、「嚇」同義組成並列複合詞。「嚇」之「欺誑」義
產生過程包含了一個概念的整合過程，「嚇」本義中的「恐嚇」元素與「欺誑」
行為有一種人們主觀臆想的聯繫，而「嚇」與表「欺誑」義的「嚇」同音，
因而人們在認知過程中把這兩種關係整合成一體，使「嚇」獲得了「欺誑」
的新創義，具體整合過程可參看第五章第一部份「脫、賺」之「騙」義產生
的過程。

4. 紿

4.1 單用時「紿」表示「欺騙，欺詐」乃「詒」之借字，《朱子語類》中未
出現「詒」字。

〔1〕今雞本未鳴，乃借蠅聲以紿之。（6，81，2110）

〔2〕若昏懦之人，為之所紿。（7，106，2644）

〔3〕魏良臣皇恐無地，再三哀求，云：「實見韓將回，不知其紿己。」
　　（8，131，3149）

4.2 場內組合無。

4.3 場外組合無。

〔註3〕董志翹《太平廣記語詞考釋》，《中國語研究》〔J〕第 36 號，1994。

5. 謾

5.1 單用時與語義上與「省悟、曉」相對，與「惑」相對。

〔1〕論佛只是說個大話謾人，可憐人都被它謾，更不省悟。（8，126，3039）

〔2〕元來無所有底人，見人胡說話，便惑將去。若果有學，如何謾得他！（1，5，92）

〔3〕別人不曉禪，便被他謾；某卻曉得禪，所以被某看破了。（3，41，1057）

5.1 場內組合：欺謾、誕謾。

〔4〕曰：「自欺只是於理上虧欠不足，便胡亂且欺謾過去。」（2，16，334）

〔5〕如「主忠信」，亦先因敬，不敬則誕謾而已，何以主之！（2，21，506）

5.2 場外組合：虛謾、謾然。

〔6〕大學致知、格物等說，便是這工夫，非虛謾也。（2，27，679）

〔7〕聖人說此數句，非是謾然且恁地說。（3，34，884）

6. 誑

6.1 單用時多表用言語欺騙，如：「爲大言以誑之」，語義上與「誠敬」相對。

〔1〕因論三國形勢，曰：「曹操合下便知據河北可以爲取天下之資。既被袁紹先說了，他又不成出他下，故爲大言以誑之。」（8，136，3234）

〔2〕古人由小便學來如，「視無誑」，如「灑掃、應對、進退」，皆是少年從小學，教他都是誠敬。（2，18，403）

6.2 場內組合：欺誑。

〔3〕佛法只是作一無頭話相欺誑，故且恁地過；若分明說出，便窮。（7，97，2480）

〔4〕誠只是個樸直愨實，不欺誑。（7，113，2744）

〔5〕如晉宋間自立講師，孰爲釋迦，孰爲阿難，孰爲迦葉，各相問難，筆之於書，轉相欺誑。（8，126，3010）

6.3 場外組合：誑誕、誑惑。

〔6〕若是脫空誑誕，不說實話，雖有兩人相對說話，如無物也。
（4，64，1578）

〔7〕「諸子百家人肆其說，誑惑眾生」者，是也。（8，124，2985）

7. 脫

7.1 單用：無。

7.2 場內組合：脫賺。

〔1〕如王公明炎虞斌父之徒，百方勸用兵，孝宗盡被他說動。其實無
能，用著輒敗，只志在脫賺富貴而已。所以孝宗盡被這樣底欺，
做事不成，蓋以此耳。（8，133、3199）

7.3 場外組合：脫取。

〔2〕（蔡）京曰：「不然。覺得目前儘是面諛脫取官職去底人，恐山林
間有人才，欲得知。」（7，101、2570）

8. 欺

8.1 單用時語義上與「誠、忠、正」相對。

〔1〕誠若是有不欺意處，只做不欺意會。（1，6，103）

〔2〕如盡忠不欺，陳善閉邪，納君無過之地，皆是敬，皆當理會。
（1，14，271）

〔3〕須去了自欺之意，意誠則心正。（1，15，305）

8.2 場內組合：欺詐、欺罔、欺上罔下。

〔4〕妄誕欺詐爲不誠，怠惰放肆爲不敬，此誠敬之別。（1，6，103）

〔5〕問：「『罔』字作欺罔無實之『罔』，如何？」（2，24，586）

〔6〕此恐不然。只當時子孫欲僭竊，故爲此以欺上罔下爾。（6，83，
2151）

8.3 場外組合

8.3.1 與表示「不誠實、不正派」的語素組合：欺妄、欺曲。

〔7〕先生曰：「敬是不放肆底意思，誠是不欺妄底意思。」（1，6，103）

〔8〕曾子謂之忠恕，雖是借此以曉學者，然既能忠，則心無欺曲，無
叉路，即此推將去，便是一。（2，27，684）

8.3.2 與表示「僞、劣」的語素組合：欺弊、欺僞。

〔9〕且如今中興以來更七個元年，若無號，則契券能無欺弊者乎！（6，83，2157）

〔10〕曰：「許多事都是一個心，若見得此心誠實無欺僞，方始能如此。」（6，87，2249）

8.3.3 與表示「迷惑」的語素組合：欺惑。

〔11〕卻是說得新奇巧妙，可以欺惑人，只是非聖人之意。（8，137，3258）

9. 詐

9.1 單用時與「輕薄、不信、不誠」同現，與「淳樸無僞」對舉。

〔1〕至爲語解，即以己意測度聖人，謂聖人爲多詐輕薄人矣！（2，19，443）

〔2〕先覺，卻是他詐與不信底情態已露見了，自家這裏便要先覺。若是在自家面前詐與不信，卻都不覺時，自家卻在這裏做什麼，理會甚事？（3，44，1134）

〔3〕先生曰：「下四州人較厚。潮陽士人亦厚，然亦陋。莆人多詐，淳樸無僞者，陳魏公而已。」（8，138，3292）

〔4〕見子路要尊聖人，恥於無臣而爲之，一時不能循道理，子路本心亦不知其爲詐。然而子路尋常亦是有不明處，如死孔悝之難，是致死有見不到。只有一毫不誠，便是詐也。（3，36，972）

9.2 場內組合：詭詐、相欺相詐、譎詐、欺詐。

〔5〕今卻詭詐玩弄，未有醒時。（1，1，9）

〔6〕問：「南軒嘗對上論韓信諸葛之兵異。」曰：「韓都是詭詐無狀。」（8，135，3224）

〔7〕曰：「有信則相守而死。無信，則相欺相詐，臣棄其君，子棄其父，各自求生路去。」（3，42，1084）

〔8〕湯武之興，決不爲後世之譎詐。若陋是取道近，亦何必迂路？（5，79，2028）

「欺詐」見「欺」。

9.3 場外組合。

9.3.1 與表示「虛偽、邪惡、善變」的語素組合：姦詐、詐偽、險詐、變詐、逆詐。

〔9〕戰國之時人多姦詐，列國紛爭，急於收拾人才以爲用，故不得不厚待士。（6，84，2191）

〔10〕二者，爲是眞底物事，卻著些假攙放裏，便成詐偽。（1，15，304）

〔11〕曰：「良善之人，自然易直而無險詐，猶俗言白直也。」（2，22，508）

〔12〕最切害處，是輕德行，毀名節，崇智術，尚變詐，讀之使人痛心疾首。（7，109，2701）

〔13〕君子雖不逆詐，而事之是非曉然者未嘗不先見也。豈有仁者而在井乎？（3，33，832）

9.3.2 與表示「鄙陋、暴力」的語素組合：鄙詐、詐力。

〔14〕曰：「心要平易，無艱深險阻，所以說：『不和不樂，則鄙詐之心入之矣！不莊不敬，則慢易之心入之矣！』」（6，87，2256）

〔15〕遷之學，也說仁義，也說詐力，也用權謀，也用功利，然其本意卻只在於權謀功利。（8，122，2952）

10. 罔

10.1 單用時「罔」語義傾向於「枉曲；不直」。

〔1〕罔，只是脫空作偽，做人不誠實，以非爲是，以黑爲白。如不孝於父，卻與人說我孝；不弟於兄，卻與人說我弟，此便是罔。（3，32，812）

〔2〕但「可逝不可陷」，是就這一事說；「可欺不可罔」，是總說。（3，33，831）

10.2 場內組合：無。

10.3 場外組合：誣罔。

〔3〕硬要轉聖賢之說爲他說，寧若爾說，且作爾說，不可誣罔聖賢亦如此。（8，124，2974）

11. 譎

11.1 單用時與「正」相對，表示「詭詐；欺詐」。

〔1〕問：「晉文『譎而不正』，諸家多把召王爲晉文之譎。《集注》謂『伐衛以致楚師，而陰謀以取勝』，這說爲通。」（3，44，1126）

〔2〕又曰：「桓公雖譎，卻是直拔行將去，其譎易知。如晉文，都是藏頭沒尾，也是蹺蹊。」（3，44，1127）

11.1 場內組合：譎詐，見「詐」。

11.1 場外組合

11.1.1 與表示「謀略，計謀」的語素組合：權譎。

〔3〕曰：「大抵霸者尙權譎，要功利，此與聖人教民不同。」（3，43，1113）

11.1.2 與表示「狡詐、虛妄」的語素組合：詭譎、譎誕。

〔4〕若不得那些清高之意來緣飾遮蓋，則其從衡詭譎，殆與陳平輩一律耳。（8，135，3222）

〔5〕宋景文《唐書贊》，說佛多是華人之譎誕者，攘莊周列禦寇之說佐其高。（8，126，3008）

12. 掩目捕雀（遮住眼睛捉飛雀。比喻手法拙劣，虛詐自欺，枉費心力。）

〔1〕諺所謂「掩目捕雀」，我卻不見雀，不知雀卻看見我。你欲以此術制他，不知他之術更高你在。（5，72、1819）

13. 譸張（欺詐詐惑，亦省作「譸張、譸幻」。）

〔1〕周公，不知其人如何，然其言皆聱牙難考。如書中周公之言便難讀，如立政君奭之篇是也。最好者惟《無逸》一書，中間用字亦有「譸張爲幻」之語。（6，81，2109）

根據以上材料并結合各個成員的本義，我們得出《朱子語類》欺騙概念場詞彙系統成員共時層次語義屬性分析表。

分析 成員	單　　用	場內組合	場外組合	語義屬性
和、傾	「傾」爲「潰」之訛，後作「哄」，「和哄」同義連用表示「欺騙」義。	無	無	附和并取悅於人

瞞	表欺騙義時指「故意使……不知道」，賓語大多爲人，也可是物，後面一般不接動賓結構	欺瞞、䁖瞞	無	故意使……不知道
	後面如果接上動賓結構，語義上就傾向「隱瞞」義，「隱瞞」表動作，而「欺騙」表結果，此處用動作轉喻結果			
嚇	無	無	嚇人	含有「恐嚇」意味
紿	乃「詒」之借字	無	無	「詒」之借字
謾	單用時與語義上與「省悟、曉」相對，與「惑」相對	欺謾、誕謾	虛謾、謾然	與「瞞」有音義聯繫
誑	多表用言語欺騙，如「爲大言以誑之」，語義上與「誠敬」相對	欺誑	誑誕、誑惑	惑亂
脫	無	脫賺	脫取	受騙方的「失去」
欺	語義上與「誠、忠、正」相對	欺詐、欺罔、欺上罔下	與表「不誠實、不正派」的語素組合：欺妄、欺曲	「欺騙」是一種「不誠實、卑劣」且帶有「迷惑性」的行爲
			與表「僞、劣」的語素組合：欺弊、欺僞	
			與表「迷惑」的語素組合：欺惑	
詐	「罔」語義傾向於「枉曲；不直」	詭詐、相欺相詐、譎詐、欺詐	與表示「虛僞、邪惡、善變」的語素組合：姦詐、詐僞、險詐、變詐、逆詐	「欺騙」與「虛僞、邪惡、善變、鄙陋、暴力」有關
			與表「鄙陋、暴力」的語素組合：鄙詐、詐力	
罔		無	誣罔	與「蒙蔽」有關
譎	與「正」相對，表示「詭詐；欺誑」	譎詐	與表「謀略，計謀」的語素組合：權譎	與「謀略、狡詐、虛妄」有關
			與表「狡詐、虛妄」的語素組合：詭譎、譎誕	
掩目捕雀	遮住眼睛捉飛雀比喻手法拙劣，虛詐自欺，枉費心力	無	無	虛詐自欺
譸張爲幻	亦省作「譸張、譸幻」	無	無	欺誑詐惑

（二）歷時考察

1. 和、漶（哄）

「和」當欺騙講，最早用例出現在六朝文獻中。〔註4〕

〔1〕《南史》梁本紀上：「青州刺史桓和紿東昏出戰，因降。先是，俗語謂密相欺變者爲『和欺』，於是蟲兒、法珍等曰：『今日敗於桓和，可謂和欺矣』」。

〔2〕今湘語（湖南長沙）、贛語（江西南昌）：「細人十在哭，和渠一下。」〔註5〕

關於複合詞「和哄」，蔣先生提到：「現在我們看到變文和敦煌詩『和』字獨用，而《廣韻》『哄』字只有『唱聲』一義，宋人編《集韻》也只作『眾聲』，都不作哄騙解，似乎『和』字先有哄騙的意義。這個意義，應該是從應和的意義引申而來的，因爲騙人必須迎合所騙者的意旨。」〔註6〕而據筆者檢索，《朱子語類》中也沒有出現「哄」表示「欺騙」的用法，因而，我們可以初步斷定，「哄」約在宋元之際產生「欺騙」義，沿用到現代漢語中，複合詞「和哄」亦保留在現代漢語方言中。

〔3〕《京本通俗小說・錯斬崔寧》：「我的父親昨日明明把十五貫錢與他馱來作本養贍妻小，他豈有哄你說是典來身價之理？」

〔4〕馬識途《老三姐》：「哪裏是記帳，你是在哄我這個睜眼瞎子。」

〔5〕中原官話（江蘇徐州）：「這東西不能用，純粹是和哄。」〔註7〕

2. 瞞

《說文・目部》：「平目也。」徐鍇《繫傳》：「瞞，目瞼低也。」《荀子・非十二子》：「酒食聲色之中，則瞞瞞然，瞑瞑然。」楊倞注：「瞑瞑，視不審之貌。」王先謙《集解》引郝懿行曰：「瞞瞞瞑瞑，謂耽於酒食，惽瞀迷亂之容也。」「瞞瞞、瞑瞑」均指看不清。《廣韻・桓韻》：「瞞，目不明也。」本爲狀態形容詞。帶上賓語後具有使動用法，表示「使……看不清，使……不

〔註4〕蔣禮鴻《敦煌變文字義通釋》〔M〕上海：上海古籍出版社，1997：181。

〔註5〕許寶華、宮田一郎《漢語方言大詞典》〔M〕北京：中華書局 1999：3411。

〔註6〕蔣禮鴻《敦煌變文字義通釋》〔M〕上海：上海古籍出版社，1997：182。

〔註7〕許寶華、宮田一郎《漢語方言大詞典》〔M〕北京：中華書局 1999：3412。

知道」，進而產生「欺騙」義。段注：「今俗借爲欺謾字。」《正字通》：「俗以匿情相欺爲瞞。」「瞞」的「欺謾」義从唐代沿用至現代漢語中。

〔1〕寒山《詩》之二〇七：「我見瞞人漢，如籃盛水走。」

〔2〕魯迅《野草·風箏》：「我在破獲秘密的滿足中，又很憤怒他的瞞了我的眼睛，這樣苦心孤詣地來偷做沒出息孩子的玩藝。」

3. 嚇

「嚇」亦通作「懗」，《龍龕手鑒·心部》：「懗，誑也。與諕同。」「嚇」的欺騙義當與其另一義項「使害怕」相關聯。（清）梁同書《直語補證》：「嚇人：俗語嚇人或爲懗人。」「使害怕」即「恐嚇」往往是「欺騙」的手段之一，因爲表示「使害怕」的「嚇」同時兼有「欺騙」義。「嚇」最初記音寫成「赫」，如敦煌變文中寫成「赫」，現代漢語中簡化成「吓」。

〔1〕韓愈《縣齋有懷》詩：「兒童稍長成，雀鼠得驅嚇。」王伯大音釋：「嚇，音懗。」

〔2〕茅盾《色盲》：「猛然有個毛茸茸的東西碰到她的後頸上，把她嚇了一跳。」

4. 紿

通「詒」，欺騙，欺詐。《玉篇·糸部》：「紿，欺也。」《說文》：「詒，相欺詒也。」段注：「郭注《方言》云汝南人呼欺亦曰詒，音殆。史、漢多假紿爲之。」「紿」表「欺騙，欺詐」義從先秦沿用至清。

〔1〕《穀梁傳·僖西元年》：「此其言獲，何也？惡公子之紿。」

〔2〕（清）《聊齋誌異·鷹虎神》「魘昧之術，不一其道，或投美餌，紿之食之，則人迷罔，相從而去，俗名曰：『打絮巴』，江南謂之『扯絮』」。

5. 謾

本義爲「欺騙；蒙蔽」。《說文·言部》：「謾，欺也。」該義項從先秦沿用至明清。

〔1〕《墨子·非儒下》：「且夫繁飾禮樂以淫人，久喪僞哀以謾親。」畢沅校注引《說文》：「謾，欺也。」

〔2〕（清）曾國藩《覆賀耦庚中丞書》：「今之學者，言考據則持爲騁

辯之柄，講經濟則據爲獵名之津，言之者不怍，信之者貴耳，
轉相欺謾，不以爲恥。」

6. 誑

本義爲「惑亂；欺騙」。《說文·言部》：「欺也。」《玉篇·言部》：「誑惑也。」
該義項從先秦一直沿用至現代漢語。

〔1〕《國語·晉語二》：「民疾其態，天又誑之。」韋昭注：「誑，猶惑也。」

〔2〕李劼人《死水微瀾》第五部分六：「我不會誑你的，王女，你看我，就是一個榜樣。」

7. 脫

「脫」之「欺騙」義產生的過程見文章結語部分。

8. 欺

本義爲「騙，欺詐」。《說文·欠部》：「欺，詐欺也。」段玉裁本作「詐也」，並注：「大徐作『詐欺也』今依《韻會》正。」該義項從先秦沿用至現代漢語。

〔1〕《論語·子罕》：「吾誰欺？欺天乎？」

〔2〕魯迅《書信集·致姚克》：「其實，在古書中找活字，是欺人之談。」

9. 罔

蒙蔽；欺騙。該義項從先秦沿用至清。

〔1〕《孟子·萬章上》：「故君子可欺以其方，難罔以非其道。」朱熹集注：「罔，蒙蔽也。」

〔2〕徐珂《清稗類鈔·鑒賞類》：「鑒別稍疏就，即爲所罔。」

10. 譎

本義爲「詭詐；欺誑」。《說文·言部》：「譎，權詐也。益梁曰：『謬欺天下曰譎。』」《方言》卷三：「譎，詐也。自關而東西或曰譎。」該義項從先秦沿用至現代漢語書面語中。

〔1〕《論語·憲問》：「晉文公譎而不正，齊桓公正而不譎。」

〔2〕孫中山《討袁檄文》:「孰意賊性凶頑,譎詐成習。」

上文討論的「紿、謾、誑、欺、詐、罔、譎」是承古文言詞,「和、湳(哄)、瞞、嚇(懭)、脫、賺」是口語白話詞。

12. 掩目捕雀

又作「掩眼捕雀」,遮住眼睛捉飛雀。比喻自欺欺人。該詞從六朝沿用至宋代,從宋代開始該義項多用「掩耳盜鈴」表示,並沿用至現代漢語中。

〔1〕《三國志‧魏志‧陳琳傳》:「《易》稱『即鹿無虞』,諺有『掩目捕雀』。夫微物尚不可欺以得志,況大國之事,其可以詐立乎!」

〔2〕《魏書‧尒朱榮傳》:「惟欲指影以行權,假形而弄詔,此則掩眼捕雀,塞耳盜鐘。」

〔3〕(宋)朱熹《答江德功書》:「成書不出姓名,以避近民之譏,此與掩耳盜鈴之見何異?」

〔4〕洪深《少奶奶的扇子》第四幕:「閉上了眼睛,不要知道世界上的齷齪,覺得可以保住自己的清高,豈非掩耳盜鈴?」

13. 譸張

欺誑詐惑。亦省作「譸張、譸幻」。

〔1〕《書‧無逸》:「民無或胥譸張為幻。」孔傳:「譸張,誑也。君臣以道相正,故下民無有相欺誑幻惑也。」

〔2〕(南朝宋)劉義慶《世說新語‧雅量》:「僧彌勃然起,作色曰:『汝故是吳興溪中釣碣耳,何敢譸張!』」

〔3〕(清)吳熾昌《客窗閒話續集‧許湛然》:「彼子衿中,或迂腐過執,或譸張為幻,窮則為閭里之毒蛇,達則為朝廷之大蠹。」

〔4〕(清)魏源《覆魏制府詢海運書》:「惟上海關則首議船價之地,譸幻最多。」

「譸張」該詞最早見於先秦文獻,沿用至清,然字形多變。《玄應音義》卷四釋《觀佛三昧海經》第二卷侜張:「《說文》作譸,同。竹流反。《爾雅》:侜張,誑也。亦幻惑欺誑也。經文作輈,車轅也。輈非字體。《春秋傳》:挾輈以走。」卷十二釋《雜寶藏經》第五卷侜張:「陟留反,下知良反。《爾雅》:

俛張，誑也。亦欺誑人。經文作倀，非也。」《玄應音義》卷七釋《阿差末菩薩經》第四卷侏倀：「宜作譸張。又作訓、噣、俛三形，同。竹尤反。譸張，誑也，謂相欺惑也。經文作侏，音朱，侏儒也。下倀，勑良反。倀，狂也。並非字體。」

〔5〕（漢）仲長統《昌言》：「於是淫厲亂神之禮興焉，俛張變怪之言起焉。」

〔6〕（吳）支謙譯《維摩詰經》：「譬如象馬塩悷不調，著之羈絆，加諸杖痛，然後調良。如是難化譸張之人，為以一切苦諫之言乃得入律。」

〔7〕（西晉）竺法護譯《阿差末菩薩經》：「或有心性清淨和調口言侏張。」

〔8〕（梁）寶唱等集《經律異相》卷二十一：「時調達比丘即從坐起，禮足而退，在在周章，巧言偽辭。誑惑俗人，誘得數十，在在處處共相勸勉。」（53／114c）

〔9〕（北魏）吉迦夜共曇曜譯《雜寶藏經》第六卷：「獵師答言：汝極麤疏，俛偒乃爾。何不安徐匍匐而行？」

14. 誆、騙

另有表「欺騙」義的「誆、騙」不見於《朱子語類》中，蓋與朱子及其門生多為南方人有關。此處一併討論，「誆」是承古詞，從先秦沿用至現代漢語；《玉篇・言部》：「誆，狂言也。」《廣韻・漾韻》：「誆，謬言。」

白話口語詞「騙」表示「欺騙；哄騙」義，最早出現在宋代文獻中，《字彙・馬部》：「騙，今作誆騙字。」「騙」從宋代沿用至現代漢語，並成為現代漢語中表示欺騙概念的常用詞。

〔1〕《史記・鄭世家》：「乃求壯士得霍人解揚，字子虎，誆楚，令宋毋降。」〔註8〕

〔註8〕「誆」在《史記》中僅此一例，且從西漢至明前的文獻中鮮見用例，明代以後用例才漸漸多起來，歷代辭書如《說文解字》、《方言》、《一切經音義》中都未見，《玉篇》則存在版本問題；《漢語大詞典》《漢語大字典》給出的書證中間則有太大斷層，今人著作《故訓匯纂》、《古辭辯》亦未見對該詞的分析。筆者認為「誆」最初可能作為是「誑」的記音詞，在文獻中偶爾用來代替「誑」，明代以後「誆」才開始和

〔2〕（宋）劉克莊《庚申召對》：「臣惟國家三數年來，凶相弄權，以富彊自詭，輔聖天子而行霸政，爲天下宰而設騙局。」

〔3〕魏巍《東方》第一部第三章：「唉！老秀，你老誆我幹什麼呢？」

又第四部第二一章：「又是騙，又是逼，弄得非常混亂。」

根據以上材料分析，我們得出《朱子語類》欺騙概念場詞彙系統成員歷時層次分析圖。

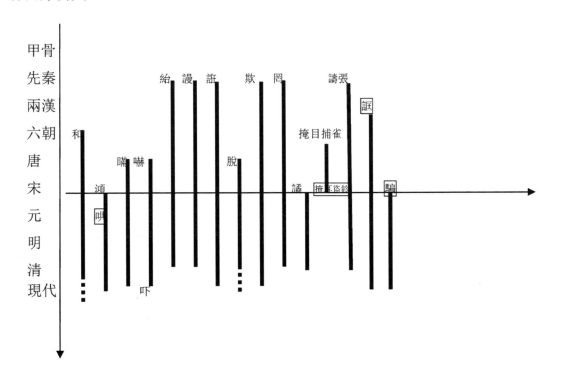

結合上圖，我們可以得出如下結論：

①欺騙概念場在先秦時期已基本定型，主體成員有「紿、謾、誑、欺、罔、譸張、誣」；六朝新增的成員有「和、掩目捕雀」，唐宋年間新增的成員有「瞞、嚇、脫、湏、謠、騙」，其中，「湏」在元代被「哄」所代替，並沿用到現代漢語中；「嚇」在現代漢語中被「嚇」所代替；「掩目捕雀」在宋以後被「掩耳盜鈴」所代替；

②以上成員中「和」、「脫」在現代漢語口語方言中仍有沿用，「瞞、誑、欺、誣」仍保留在現代漢語書面語中，「騙」在宋代進入「欺騙」概念場後一直沿用到現代漢語，成爲現代漢語中表達欺騙概念的常用詞。

「誑」作爲不同的詞使用。

三、拘泥概念場詞彙系統及其演變研究

拘泥，指拘守，固執成見而不知變通。《朱子語類》中有「泥、局、拘、滯、囿、齊」爲核心的六類詞指稱拘泥概念場。

（一）共時材料描寫

1. 泥

1.1 單用。

1.1.1「泥」的對象可以是「語句、文字、事情、事跡、爻義」等。

〔1〕呂氏說師尚多聞，只是泥孟子之語。（2，24，577）

〔2〕「渙王居，無咎」。象只是節做四字句，伊川泥其句，所以說得「王居無咎」差了。（5，73，1865）

〔3〕曰：「此只是錯了一字耳，莫要泥他。」（5，70，1753）

〔4〕然不消泥他事上說，須看他三仕三已，還是當否。（2，29，732）

〔5〕侃侃，剛直之貌，不必泥事跡，以二子氣象觀之。（3，39，1013）

〔6〕曰：「易有不必泥爻義看者，如此爻只平看自好。（5，70，1756）

1.1.2「泥」表「拘泥；固執」義涉及到「程度、範圍、情狀」等三個方面。

1.1.1.1 表程度：深泥、大泥、甚泥。

〔7〕三說九卦，是聖人因上面說憂患，故發明此一項道理，不必深泥。（5，76，1953）

〔8〕先生曰：「已發未發，不必大泥。只是既涵養，又省察，無時不涵養省察。」（4，62，1514）

〔9〕曰：「今亦難考。但詩注頗簡易，不甚泥章句。」（8，137，3259）

1.1.1.2 表示範圍：專泥、泥於一字之間、泥這般所在。

〔10〕後世如有作者，必不專泥於刑名度數，亦只整頓其大體。（7，101，2564）

〔11〕大抵談經只要自在，不必泥於一字之間。（5，74，1879）

〔12〕曰：「不須泥這般所在。某那夜是偶然說如此，實亦不見得甚淺深，只一箇是死後說，一箇是在生時說。讀書且要理會要緊處。」（3，30，771）

1.1.1.3 表示情狀：泥於此而不通、泥而不通、泥那四德。

〔13〕後世儒者鄙卜筮之說，以爲不足言；而所見太卑者，又泥於此
　　　而不通。（4，66，1633）

〔14〕後世拘於象數之學者乃以爲九陽數，聖人之舉九卦，合此數也，
　　　尤泥而不通矣！（5，76，1952）

〔15〕「牝馬之貞」，伊川只爲泥那四德，所以如此說不通。（5，69，
　　　1733）

1.1.3「泥」的句法功能主要是陳述性的，表示行爲動作，但亦有轉化爲描
寫性的用作方式狀語的趨向。

〔16〕聞固是主於言，見固是主於行，然亦有聞而行者，見而言者，
　　　不可泥而看也。（2，24，589）

〔17〕又曰：「程子既言『有主則實』，又言『有主則虛』，此不可泥看。
　　　須看大意各有不同，始得。」（6，96，2467）

1.1 場內組合：執泥、拘泥。

〔18〕須先看取這樣大意思，方有益。而今區區執泥於一二沒緊要字
　　　之間，果有何益！（4，64，1592）

〔19〕凡此等處，皆須各隨文義所在，變通而觀之。才拘泥，便相梗，
　　　說不行。（4，65，1604）

1.2 場外組合。

1.2.1 與表示「阻礙，不流暢」的語素連用：粘泥、滯泥、滯泥不通。

〔20〕龜山爲人粘泥，故說之較密。（3，38，1006）

〔21〕廣錄云：「只是說得忒煞鄭重滯泥，正如世俗所謂山東學究是
　　　也。」（4，63，1555）

〔22〕人須是就至虛靜中見得這道理周遮通瓏，方好。若先靠定一事
　　　說，則滯泥不通了。（5，67，1660）

1.2.2 與表示「確定、著落」的語素連用：泥定、泥著。

〔23〕若配之人事，則爲小人畜君子也得，爲臣畜君也得，爲因小小
　　　事畜止也得，不可泥定一事說。（5，70，1755）

〔24〕凡讀書，須看上下文意是如何，不可泥著一字。（1，11，193）

2. 局

2.1 單用。

2.1.1 物理空間上局限於特定空間，相當於「榷」，出現的句法格式爲「局得……在中間」。

〔1〕使天有一時息，則地須落下去，人都墜死。緣他運轉周流，無一時息，故局得這地在中間。今只於地信得他是斷然不息。（5，68，1687）

例中「局」有「約束」義，語境上亦與「閣」、「榷」語意相同，意謂限制在一定的空間內。從限制的角度看，引申有「泥」義。

2.1.2 與上句中「局」對應的是下句中的「榷」，表現出「局」在表示「拘束」義上凸顯的是其「不自由，不靈活」的語義特徵。

〔2〕天運不息，晝夜輾轉，故地榷在中間。（1，1，6）

〔3〕天以氣而運乎外，故地榷在中間，隤然不動。（1，1，6）

2.1.3 限制於某一特定的範圍，具體範圍出現的格式爲「局於……之小（一箇死例）」具有消極的語義特徵；另有抽象的範圍：局了一詩之意、局於氣稟。

〔4〕蓋三子所志者雖皆是實，然未免局於一國一君之小，向上更進不得。（3，40，1035）

〔5〕如以湛露爲恩澤，皆非詩義。故「野有蔓草，零露漙兮」，亦以爲君之澤不下流，皆局於一箇死例，所以如此。（6，80，2085）

〔6〕如《南山有臺序》云：「得賢，則能爲邦家立太平之基。」蓋爲見詩中有「邦家之基」字，故如此解。此序自是好句，但纔如此說定，便局了一詩之意。若果先得其本意，雖如此說亦不妨。（6，80，2084）

〔7〕然而仁義禮智之性，苟以學力充之，則無所施而不通，謂之不器可也。至於人之才具，分明是各局於氣稟，有能有不能。（2，24，578）

2.2 場內組合：無。

2.3 場外組合

2.3.1 與表示「困窘；窘迫」義的語素組合：局蹙、局促；與「寬舒、放闊」相對，傾向於「被約束，不伸展」之意。

〔8〕曰：「說得來局蹙，不恁地寬舒，如將繩索緊在這裏一般，也只看道理未熟。如程子說，便寬舒。」（2，18，421）

〔9〕曰：「而今也不要先討差處，待到那差地頭，便旋旋理會。下學只是放闊去做，局促在那一隅，便窄狹了。」（7，117，2832）

2.3.2 與表示限定的語素組合：局定，與「活著意思、寬、流轉、流行」之類的表達相對，與傾向於「不靈活、不流轉」之義。

〔10〕曰：「看文字須活著意思，不可局定。」（3，32，826）

〔11〕曰：「此皆外來意。凡立說須寬，方流轉，不得局定。」（1，14，274）

〔12〕天地間道理，有局定底，有流行底。（4，65，1602）

「局」不與場內成員組合，單用時多出現的句法格式爲「局得（在）特定的空間、範圍之中」，凸顯出「不自由，不靈活」的語義特徵。場外組合時與表示「不伸展、不靈活」的語素連用。

3. 拘

3.1 單用。

3.1.1 「拘」於某物，出現的格式爲「被（爲）X 所拘、被 X 拘於 Y、不拘 A（與）B、拘於 X、以 X 拘也、XX 之拘者」即局限於一定的空間或範圍。

〔1〕然在人則蔽塞有可通之理；至於禽獸，亦是此性，只被他形體所拘，生得蔽隔之甚，無可通處。（1，4，58）

〔2〕但從來爲氣稟所拘，物欲所蔽，一向昏昧，更不光明。（1，14，271）

〔3〕如被他拘一處，都不問，亦須問他：「朝廷差我來，你拘我何爲？」如全無用智力處，只是死。（1，13，248）

〔4〕如孺子將入於井，不拘君子小人，皆有怵惕、惻隱之心，便可見。（2，17，377）

〔5〕伊川曰：「不可。此不誠之本也。須是事事能專一時，便好。不拘思慮與應事，皆要專一。」（6，96，2471）

〔6〕問：「物則拘於有形；人則動而有靜，靜而有動，如何卻同萬物而言？」（6，94，2404）

〔7〕易便是或爲陰，或爲陽，如爲春，又爲夏；爲秋，又爲冬。交錯代換，而不可以形體拘也。（5，74，1895）

〔8〕夷惠之徒，正是未免於氣質之拘者，所以孟子以爲不同，而不願學也。（4，59，1392）

3.1.2「拘」有不變通之義。

〔9〕但其拘於形，拘於氣而不變。（1，14，256）

〔10〕然又有那大轉底時候，須是大著心腸看，始得，不可拘一不通也。（5，74，1905）

〔11〕「君子不器」，是不拘於一，所謂「體無不具」。（2，24，578）

3.1.3「拘」的「制約」義中蘊含有要求之義。

〔12〕先生因說邑中隕星，恐有火災，縣官禱禳，云：「豈可不修人事！合當拘家家蓄水警備。」（7，106，2654）

綜上所述，「拘」語義指向爲「局限於一定的空間或範圍」，語義評價上有「不變通之義」，語義引申上蘊含有「要求」之義。

3.2 場內組合：拘拘、拘滯、拘泥。

〔13〕爲敬，便一向拘拘；爲和，便一向放肆，沒理會。（6，95，2451）

〔14〕若拘滯於文義，少間又不見他大規模處。（1，9，158）

「拘泥」見「泥」。

3.3 場外組合

3.3.1 與表示「逼迫」的語素連用：拘迫、拘逼。

〔15〕才著意嚴敬，即拘迫而不安；要放寬些，又流蕩而無節。（3，32，517）

〔16〕如人立心要恁地嚴毅把捉，少間只管見這意思，到不消恁地處也恁地，便拘逼了。（2，16，347）

3.3.2 與表示「約束」的語素連用：拘定、拘繫、拘束、拘執、拘檢。

〔17〕才生五行，便被氣質拘定，各爲一物，亦各有一性，而太極無不在也。（6，94，2374）

〔18〕賊聲言：「使二人來招我，吾降矣。」朝廷遣之。既而賊有二心，乃拘繫久之。（8，133，3186）

〔19〕只恁嚴，徒拘束之，亦不濟事。（1，13，235）

〔20〕一爻不止於一事，而天下之理莫不具備，不要拘執著。（5，67，1657）

〔21〕小學且是拘檢住身心，到後來「克己復禮」，又是一段事。（2，17，370）

3.3.3 表示「掩蓋、蜷曲、忌諱」的語素組合：拘蔽、拘攣、拘忌。

〔22〕禮義本諸人心，惟中人以下爲氣稟物欲所拘蔽，所以反著求禮義自治。（5，79，2029）

〔23〕若一向拘攣，又做得甚事！（4，62，1483）

〔24〕神殺之類，亦只是五行旺衰之氣，推亦有此理。但是後人推得小了，太拘忌耳。（8，138，3289）

4. 滯

4.1 單用。

4.1.1 語義上局限於一定的空間：滯於一偏、滯於一隅、滯一隅。

〔25〕聖人之於人，來者不拒，去者不追，如何一一要曲意周旋！纔恁地，便滯於一偏，況天理自不如此。（2，29，738）

〔26〕所謂活者，只是不滯於一隅。（4，63，1535）

〔27〕既滯一隅，卻如何能任重。必能容納吞受得眾理，方是弘也。」（3，36，976）

4.1.2 局限於特定的物事上：滯在知識上、滯文義、滯在這般所在、滯於物、滯於一事、滯於知思。

〔28〕看來曾子從實處做，一直透上去；子貢雖是知得，較似滯在知識上。（2，27，676）

〔29〕某近到浙中，學者卻別，滯文義者亦少。（8，122，2958）

〔30〕曰：「看文字，且要將他正意平直看去，只要見得正道理貫通，不須滯在這般所在。」（3，30，773）

〔31〕淳問：「伊川以『三月不知肉味』爲聖人滯於物。今添『學之』二字，則此意便無妨否？」（3，34，879）

〔32〕曰：「固是。然所謂主一者，何嘗滯於一事？不主一，則方理會此事，而心留於彼，這卻是滯於一隅。」（6，96，2468）

〔33〕因看《語錄》「心小性大，心不弘於性，滯於知思」說，及上蔡云「心有止」說，遂云：「心有何窮盡？只得此本然之體，推而應事接物，皆是。」（7，99，2540）

4.1.3 表示「艱澀，不通達，不能周流」：意圓語滯、達則不滯、滯而不化。

〔34〕問：「『四海皆兄弟』，胡氏謂『意圓語滯』，以其近於二本否？」（3，42，1083）

〔35〕呂氏曰：「果則有斷，達則不滯，藝則善裁，皆可使從政也。」（3，31，793）

〔36〕曰：「意，是私意始萌，既起此意。必，是期要必行。固，是既行之後，滯而不化。我，是緣此後便只知有我。」（3，36，954）

4.2 場內組合：執滯、滯泥、拘滯。

〔37〕事既成，是非得失已定，又復執滯不化，是之謂固。（3，36，953）

〔38〕若先靠定一事說，則滯泥不通了。此所謂「潔靜精微，易之教也」。（5，67，1660）

〔39〕如今人見學者議論拘滯，忽有一箇說得索性快活，亦須喜之。（3，40，1033）

4.3 場外組合

4.3.1 與表示「障礙」的語素組合：滯礙、阻滯、壅滯。

〔40〕如禮樂射御書數，一件事理會不得，此心便覺滯礙。（3，34，866）

〔41〕曰：「如水有源便流，這只是流出來，無阻滯處。」（3，32，812）

〔42〕如此事都了，並無壅滯。（7，106，2648）

4.3.2 與表示「凝固」的語素組合：固滯、疑滯、凝滯。

〔43〕李公晦問「行年六十而六十化」。曰：「只是消融了，無固滯。」（3，44，1133）

〔44〕須是理會教透徹，無些子疑滯，方得。（7，116，2803）

〔45〕今須是將此等意思便與一刀兩斷，勿復凝滯。（7，117，2811）

4.3.3 與表示「遲鈍」的語素組合：蹇滯、鈍滯。

〔46〕屯是陰陽未通之時，蹇是流行之中有蹇滯，困則窮矣。（5，70，
　　　1742）

〔47〕如此看久，自然洞貫，方爲浹洽。時下雖是鈍滯，便一件了得
　　　一件，將來卻有盡理會得時。（7，104，2612）

4.3.4 與表示「黏糊」的語素組合：黏滯、黏滯。

〔48〕東坡書解文義得處較多。尙有黏滯，是未盡透徹。（5，78，1987）

〔49〕曰：「看文字要脫灑，不要黏滯。」（2，22，529）

4.3.5 與表示「沉悶」的語素組合：搭滯、沉滯、沈滯。

〔50〕曰：「詩幾年埋沒，被某取得出來，被公們看得恁地搭滯。看十
　　　年，仍舊死了那一部詩！」（6，80，2091）

〔51〕如講學既能得其大者，則小小文義，自是該通。若只於淺處用
　　　功，則必不免沉滯之患矣。（4，60，1456）

〔52〕如胥吏沈滯公事，邀求於人，人皆知可惡，無術以防之。（7，
　　　106，2648）

4.3.6 與表示「偏執」的語素組合：偏滯、狃滯。

〔53〕蓋天本是箇大底物事，以偏滯求他不得。（5，74，1905）

〔54〕至之問：「程先生當初進說，只以『聖人之說爲可必信，先王之
　　　道爲可必行，不狃滯於近規，不遷惑於眾口，必期致天下如三
　　　代之世』，何也？」（6，93，2360）

5. 囿

「囿」在《朱子語類》中的用法以「不囿於善、不囿於物」的形式出現。

〔1〕且謂天命不囿於物，可也；謂「不囿於善」，則不知天之所以爲
　　　天矣！（7，101，2591）

6. 齊

表示「拘泥，局限」的「齊」主要出現在組合「齊腳斂手、斂手齊腳中。

〔1〕莊子跌盪。老子收斂，齊腳斂手；莊子卻將許多道理掀翻說，不
　　　拘繩墨。（8，125，2989）

〔2〕老子猶是欲斂手齊腳去做，他卻將他窠窟一齊踢翻了！（8，125，
　　　2990）

　　與以上相對應的說法有「斂手束腳」：「所謂君子者，豈是斂手束腳底村人耶！（3，35，924）」上例中「齊腳」與「束腳」對應，可知「齊、束」義同。

　　根據以上材料分析，我們得出《朱子語類》拘泥概念場詞彙系統成員共時層次語義屬性分析表。

分析成員	單　用	場內組合	場外組合	語義屬性
泥	對象可以是「語言、文字、爻義、事情、事跡」等	執泥、拘泥	與表示「阻礙，不流暢」的語素連用：粘泥、滯泥、滯泥不通	阻礙、確定
	表「拘泥；固執」義涉及到程度、範圍、情狀等三個方面		與表示「確定、著落」的語素連用：泥定、泥著	
	句法功能主要是陳述性的，表示行爲動作，但亦有轉化爲描寫性的用作方式狀語的趨向。			
局	物理空間上局限於特定空間，相當於「推」，出現的句法格式爲「局得……在中間」	無	與表示「困窘；窘迫」義的語素組合：局蹙、局促；	被約束，不伸展
	與上句中「局」對應的是下句中的「推」，表現出「局」在表示「拘束」義上凸顯的是其「不自由，不靈活」的語義特徵		與「寬舒、放闊」相對，傾向於「被約束，不伸展」之意	
			與表示「限定」的語素組合：局定，	
	限制於某一特定的範圍，具體範圍出現的格式爲「局於……之小」具有消極的語義特徵；另有抽象的範圍：局了一詩之意、局於氣稟。		與「活著意思、寬、流轉、流行」之類的表達相對，與傾向於「不靈活、不流轉」之義	
拘	「拘」於某物，出現的格式爲「被（爲）X 所拘、被 X 拘於 Y、不拘 A（與）B、拘於 X、以 X 拘也、XX 之拘者」即局限於一定的空間或範圍	拘拘、拘滯、拘泥	與表示「逼迫」的語素組合：拘迫、拘逼	語義中包含有「逼迫、約束、忌諱」等元素
			與表示「約束」的語素組合：拘定、拘繫、拘束、拘執、拘檢	
	「拘」有不變通之義		與表示「掩蓋、蜷曲、忌諱」的語素組合：拘蔽、拘攣、拘忌	
	「拘」的「制約」義中蘊含有「要求」之義			
滯	語義上局限於一定的空間，「滯於一偏、滯於一隅、滯一隅」	執滯、滯泥、拘滯	與表示「障礙」的語素組合：滯礙、阻滯、壅滯	障礙、遲鈍、偏執等
	局限於特定的物事上：滯在知識上、滯文義、滯在這般所在、滯於物、滯於一事、滯於知思		與表示「凝固」的語素組合：固滯、疑滯、凝滯	
	表示「艱澀，不通達，不能周流」：意圓語滯、達則不滯、滯而不化		與表示「遲鈍」的語素組合：鈍滯、蹇滯	
			與表示「黏糊」的語素組合：黏滯、黏滯	

		與表示「沉悶」的語素組合：搭滯、沉滯、沈滯	
		與表示「偏執」的語素組合：偏滯、狃滯	
囿	以「不囿於善、不囿於物」的形式出現	無	無	在劃定範圍內
齊	無	無	齊腳斂手、斂手齊腳	收斂

（二）歷時考察

1. 泥

本義指「糨糊狀的水、土合成物」。《廣韻·齊韻》：「泥，水和土也。」其性狀特徵為：「重、軟、黏滑」，因而「泥」作動詞時表「使……難活動」，詞義進一步抽象化指「拘泥；不變通」，該義項從先秦沿用至現代漢語。

〔1〕《荀子·君道》：「知明制度權物稱用之為不泥也。」

〔2〕魯迅《漢文學史綱要》第八篇：「小山之徒有《招隱士》之賦，其源雖出《離騷》、《招魂》等，而不泥於跡象，為漢代楚辭之新聲。」

2. 局

本義為「局促、局限」。《說文·口部》：「局，促也。從口在尺下，復局之。」該義項從先秦沿用至清，現代漢語多用複合詞「局限」。

〔1〕（三國魏）曹植《仙人篇》：「四海一何局，九州安所如？」

〔2〕柳青《創業史》第一部第二一章：「世界上除了死亡，沒有任何力量能阻止這種影響；禮教、法律和教育，都有年齡的局限。」

3. 拘

本義指「制止；阻止」。《說文·句部》：「拘，止也。」段玉裁注：「手句者，以手止之也。」「制止；阻止」的行為總會讓人感覺「束縛；拘束」，抽象為思維上便有「拘泥；死板」義，該義項從先秦沿用至現代漢語中。

〔1〕《商君書·更法》：「賢者更禮，而不肖者拘焉。」

〔2〕老舍《二馬》：「總得給他們點事作，不拘是跳舞，跑車，看電影，……反正別叫他們閑著。」

4. 滯

本義爲「積聚；凝結」。《說文·水部》：「滯，凝也。」「凝結；積壓」則不能正常運行或流通，隱喻指思維的「拘泥、不善變通」，該義項從先秦沿用至清。

〔1〕《楚辭·漁父》：「聖人不凝滯於物，而能與世推移。」

〔2〕《湘報·第九號》：「尤繫人才之消長，學術之純疵。拘守舊章，既滯於通今，末由一發其局鑰。徒尚西學，又或輕於蔑古，不憚自抉其藩籬。」

5. 囿

本指「古代帝王畜養禽獸以供觀賞的園林」。《說文·口部》：「囿，苑囿垣也。」王筠句讀：「以苑釋囿者，《周禮·囿人》注：『囿，今之苑。』然則，古名囿，漢名苑也。」高鴻縉《中國字例》：「字原倚四屮或四木，盡其囿垣之形……故爲畜禽獸有垣之囿。」被圈在圍牆之內，空間有限，引申指視野和見識上的「拘泥；局限」，《正字通·口部》：「識不通廣曰囿，猶言拘墟也。」該義項從先秦沿用至現代漢語中。

〔1〕《莊子·徐無鬼》：「知士無思慮之變則不樂，辯士無談說之序則不樂，察士無凌誶之事則不樂，皆囿於物者也。」

〔2〕郭沫若《青年喲·人類的春天》：「我們不要爲泥古的習慣所囿。」

6. 齊

本義指「禾麥吐穗上平整」。《說文·齊部》：「齊，禾麥吐穗上平。」《慧琳音義》卷二釋《大般若波羅蜜多經》第一百七十二卷「齊何」釋「齊」引《字書》：「限也。」「齊」由「齊平」引申出「達到一定的限度」義，後又引申有「限制；局限」義，音 jì。該義項從先秦沿用至清。

〔1〕（東漢）仲長統《昌言》：「情無所止，禮爲之儉；欲無所齊，法爲之防。」

〔2〕章炳麟《代議然否論》：「漢土之限選，若易行矣，不以納稅爲齊，而以識字爲齊。」

根據以上材料分析，我們得出《朱子語類》拘泥概念場詞彙系統成員歷時層次分析圖。

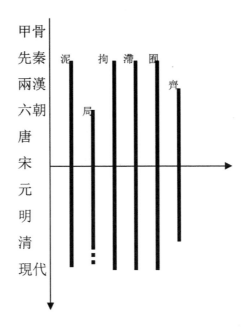

結合上圖，我們可以得出如下結論：

①拘泥概念場在先秦時期已基本定型，主體成員有「泥、拘、滯、囿」，這些成員均沿用至現代漢語中，而現代漢語中表示拘泥概念常用複合詞「拘泥」。

②兩漢至六朝間新增的成員有「齊、局」，二者均為拘泥概念場的臨時成員，沿用至清，「局」亦保留在現代漢語的口語方言中。

四、錯誤概念場詞彙系統及其演變研究

錯誤，指不正確，與客觀實際不符合的情況或行為。《朱子語類》中有「訛、謬、繆、舛、錯、誤、過」為核心語素的七類詞指稱錯誤概念場。

（一）共時材料描寫

1. 訛

1.1 單用時「訛」表「訛誤；錯謬」義項大多用於語言、文字、聲音方面，常出現在「傳聞之訛、傳寫之訛、聲音多訛」等格式中。

〔1〕曰：「只川上之歎，恐是夫子本語。孟荀之言，或是傳聞之訛。」（3，36，978）

〔2〕所謂太僕卿執御之職，遂訛曰「執綏官」、「備顧問官」。（8，128，3067）

〔3〕「諸侯以字爲諡」，只是「氏」字傳寫之訛，遂以「氏」字爲「諡」，無義理；只是「以字爲氏」，如上文展氏孟氏之類也。（8，138，3281）

〔4〕因說四方聲音多訛，曰：「卻是廣中人說得聲音尚好，蓋彼中地尚中正。自洛中脊以來，只是太邊南去，故有些熱。若閩浙則皆邊東角矣，閩浙聲音尤不可正。」（8，138，3282）

1.2 場內組合：訛謬、差舛訛謬、訛謬承襲、訛謬相傳、訛舛。以上詞語在語義上仍傾向於流傳與承襲造成的文字錯誤方面。

〔1〕流傳既久，是以不無訛謬。（4，55，1318）

〔2〕非止浸失其意，以至名物度數，亦莫有曉者。差舛訛謬，不堪著眼！（6，84，2182）

〔3〕後世或以諸王，或以武臣爲之，既是天子之子與武臣，豈可任師保之責耶？訛謬承襲，不復釐正。（7，112，2725）

〔4〕自古至今，訛謬相傳，更無一人能破之者，而又爲說以增飾之。（8，137，3259）

〔5〕或云：「恐文定當來未有甚差，後來傳襲，節次訛舛。」（7，101，2588）

1.2 場外組合：承舛聽訛、聲訛、訛損。

〔6〕曰：「先生於《書》既無解，若更不點，則句讀不分，後人承舛聽訛，卒不足以見帝王之淵懿。」（5，78，1981）

〔7〕某嘗患《尚書》難讀，後來先將文義分明者讀之，聲訛者且未讀。（5，78，1982）

〔8〕豈有數百年壁中之物，安得不訛損一字？（5，78，1979）

以上所引材料可知，「訛」表「訛誤；錯謬」義主要用於語言文字方面，場內外組合時在語義傾向上有明顯的消極組合傾向。

2. 謬

2.1 單用。

2.1.1 在具體語境中與「不通、失（誤）、混補之說、不成文理」等表達相應，而與「得（正確）、好」等表達相對。

〔1〕經書有不可解處，只得闕。若一向去解，便有不通而謬處。（1，11，193）

〔2〕毫釐之失，謬以千里，如何不是錯！（4，63，1529）

〔3〕某曰：「爲混補之說者固是謬，爲三舍之說亦未爲得也。」（7，109，2695）

〔4〕記《曲禮》者撮其言，反帶「若夫」二字，不成文理。而鄭康成又以「丈夫」解之，益謬！2228

2.1.2「謬」有程度的區分：大謬、甚謬。

〔5〕某嚮往奏事時來相見，極口說陸子靜之學大謬。（7，120，2911）

〔6〕此易說，只是今人文字，南軒跋不曾辯得，其書甚謬。（5，67，1680）

2.2 場內組合：謬誤、錯謬。

〔7〕其他謬誤，不可勝說。（6，80，2075）

〔8〕是非便是智，大段無知顛倒錯謬，便是不智。（4，53，1287）

2.3 場外組合：與表示「混亂、昏庸」的語素組合：謬亂、庸謬、昏謬、差謬。

〔9〕壯祖錄云：「若言荊公學術不正，負神廟委任之意，是非謬亂，爲神廟聖學之害，則可。」（8，130，3099）

〔10〕曰：「若是狡者，便難知。如南北時，有一王當面做好人，背後即爲非，此等卻難知。若庸謬底人，自是易見。」（8，135，3229）

〔11〕是非之心勝，則含糊苟且頑冥昏謬之意自消。（4，53，1295）

〔12〕淳錄云：「其非與伊川，明矣。」其差謬類如此。（8，126，3040）

3. 繆

3.1 單用時「繆」在具體語境中與「差、悖」相對。

〔1〕曰：「若言荊公學術之繆，見識之差，誤神廟委任，則可。」（8，130，3099）

〔2〕所謂「本諸身，徵諸庶民，考諸三王而不繆，建諸天地而不悖，質諸鬼神而無疑，百世以俟聖人而不惑」。（1，11，184）

〔3〕子開因蔡確事，被劉器之所逐。後見其兄引薦繆，遂多主元祐之人。（8，130，3124）

3.2 場内組合：繆誤、錯繆。

〔4〕說禹貢，曰：「此最難說，蓋他本文自有繆誤處。且如漢水自是從今漢陽軍入江，下至江州，然後江西一帶江水流出，合大江。」（5，79，2026）

〔5〕因論靖康執政，曰：「徐處仁曾忤蔡京來。舊做方面亦有聲，後卻如此錯繆。」（8，130，3131）

3.3 場外組合

3.3.1 與表示「疏忽」的語素組合：紕繆、疏繆。

〔6〕如考試一般，若文字平平，尚可就中看好惡。若文理紕繆，更將甚麼去考得。（3，34，898）

〔7〕看他爲愼終喪禮，是煞看許多文字，如《儀禮》一齊都考得仔細。如何定鄉飲酒禮乃如此疏繆？（6，87，2266）

3.3.2 與表示「平庸、違背、虛假」的語素組合：庸繆、繆戾、虛繆。

〔8〕當時宰執皆庸繆之流，待亦不可，不行亦不可。（7，101，2569）

〔9〕某因作詩傳，遂成詩序辨說一冊，其他繆戾，辨之頗詳。（6，80，2079）

〔10〕曹操以兵取陽平，陵之孫魯即納降款，可見其虛繆不足稽矣。（8，125，2994）

4. 舛

4.1 單用時與「有所據依」相對。

〔1〕使西漢明見周官，有所據依，必不若是舛矣。（7，112，2724）

4.2 場内組合：舛錯、舛誤。

「違背」和「錯誤」是兩個相關義項，在複合詞中具體爲凸顯的那個義項和另一個語素有關。舛錯、舛誤，與「錯誤」有關。

〔2〕仲思問：「如陰陽舛錯，雨暘失時，亦可謂之誠乎？」（2，21，504）

〔3〕本文多錯，注尤舛誤。武王諸銘有直做得巧了切題者，如鑑銘是也。（6，88，2269）

4.2 場外組合

與表示「昏亂、亡逸」的語素組合：舛逆、舛逸、差舛。

〔4〕當時用人參差如此,亦是氣數舛逆。(5,72,1832)

〔5〕大概自成襄已前,舊史不全,有舛逸,故所記各有不同。(6,83,2147)

〔6〕非止浸失其意,以至名物度數,亦莫有曉者。差舛訛謬,不堪著眼!(6,84,2182)

5. 過

5.1 單用。

5.1.1「過」單用時出現的語境有「諫 X 之過、暴其過、有過則改、有過……合諍、無過可悔、不審之過」,在語義上傾向於較輕的、偶然過差。

〔1〕與其得罪於鄉閭,不若且諫父之過,使不陷於不義,這處方是孝。(1,14,263)

〔2〕又曰:「死其親而暴其過,孝子所不忍為。」(2,22,512)

〔3〕如《易損卦》「懲忿窒慾」,《益卦》「見善則遷,有過則改」,似此說話甚多。(1,15,311)

〔4〕蓋父母有過,己所合諍,諍之亦是愛之所推。不成道我愛父母,姑從其令。(7,115,2774)

〔5〕伊川云:「無過可悔,無善可遷。」(3,34,903)

〔6〕是時趙公奏曰:「此恐是一時不審之過,亦未至於不臣也。」(8,131,3146)

〔7〕曰:「惡是誠中形外,過是偶然過差。」(2,26,646)

5.2 場內組合:過差、差過、過失、過錯。

〔8〕至自謂:「從來於喜怒哀樂之發,雖未敢自謂中節,自覺亦無甚過差。」(7,116,2855)

〔9〕曰:「廣居,是廓然大公,無私欲之蔽;正位,是所立處都無差過;大道,是事事做得合宜。」(4,55,1315)

〔10〕不善,則已是私意了。上面是過失,下面是故犯。(3,34,858)

〔11〕《豐》威在上,明在下,是用這法時,須是明見下情曲折,方得,不然,威動於上,必有過錯也,故云「折獄致刑」。(5,71,1780)

5.3 場外組合

5.3.1 與表示行爲方式的語素組合：悔過、諫過、改過、補過、揜過、作過。

〔12〕看這意思，只是悔過之詩。（2，23，541）

〔13〕見得孝子深愛其親，雖當諫過之時，亦不敢伸己之直，而辭色皆婉順也。（2，29，704）

〔14〕改過亦未必眞能過。故爲人須是「主忠信」。（2，21，503）

〔15〕且如事君，便須是「進思盡忠，退思補過」，道合則從，不合則去。（1，15，283）

〔16〕堯卿問：「管仲功可揜過否？」（3，44，1129）

〔17〕若有「克伐怨欲」而但禁制之，使不發出來，猶關閉所謂賊者在家中；只是不放出去外頭作過，畢竟窩藏。（3，44，1118）

5.3.2 「過」有名詞＞動詞＞形容詞的用法。名詞用法組合：罪過、功過、過惡、口過。

〔18〕曰：「宋齊愈舊曾論李公來，但他那罪過亦非小小刑杖斷遣得了。」（8，131，3139）

〔19〕且聖人論人，功過自不相掩，功自還功，過自還過。（4，48，1193）

〔20〕聖人之語，本自渾然，不當如此苛刻搜人過惡，兼也未消論到他後來在。（2，29，733）

〔21〕或問：「霍光不負社稷，而終有許後之事；馬援以口過戒子孫，而他日有裹屍之禍。」（8，135，3228）

形容詞用法組合：過計；動詞用法組合：寡過、貳過。

〔22〕只因酈瓊叛去，德遠罷相，趙公再入，憂虞過計，遂決還都臨安之策。一夜起發，自是不復都金陵矣。（8，131，3141）

〔23〕先生謂方子曰：「觀公資質自是寡過。然開闊中又須縝密；寬緩中又須謹敬。」（7，114，2756）

〔24〕「不遷怒，不貳過」。據此之語，怒與過自不同。（3，30，766）

6. 誤

6.1 單用。

就本概念場而言，《朱子語類》中「誤」比「錯」的用例多，誤大多用作動詞，和「錯」在詞性上使用的區別是，「誤」可用作「名詞」，而「錯」則

無此用法。總的說來，「誤」在《朱子語類》中作副詞 12 例、動詞 19 例、形容詞 1 例、名詞 4 例。

〔1〕顏子也在屋裏，只有時誤行出門外，然便覺不是他住處，便回來。（3，31，785）

〔2〕又曰：「蘇子由詩有數篇，誤收在文潛集中。」（8，140，3330）

〔3〕若學者未曾子細理會，便與他如此說，豈不誤他！（1，11，192）

〔4〕杜詩最多誤字。（8，140，3327）

〔5〕知，只有箇眞與不眞分別。如說有一項不可言底知，便是釋氏之誤。（1，9，159）

6.2 場內組合：過誤、錯誤。

〔6〕劉叔通言：「王介甫，其心本欲救民，後來弄壞者，乃過誤致然。」（8，130，3098）

〔7〕因讀《尙書》，曰：「其間錯誤解不得處煞多。昔伯恭解《書》，因問之云：『《尙書》還有解不通處否？』」（5，79，2058）

6.3 場外組合

6.3.1 與表示「脫漏、空缺」的語素組合：脫誤、闕誤。

〔8〕曰：「此處定有脫誤，性中亦說得未盡。」（4，62，1512）

〔9〕曰：「學者無『一以貫之』。夫子之道似此處疑有闕誤。學者只是這箇忠推出來。『乾道變化』，如一株樹，開一樹花，生一樹子，裏面便自然有一箇生意。」（2，27，674）

6.3.2 與表示「疑惑」的語素組合：疑誤；與表示「迷惑」的語素相對。

〔10〕綱作《書解》，掇拾安石緒餘，敷衍而潤飾之，今乃謂其言「無一不與聖人契」，此豈不厚誣聖人，疑誤學者！（5，78，1987）

〔11〕書竹林精舍桃符云：「道迷前聖統，朋誤遠方來。」（7，107，2675）

6.3.3 與表示「差失」的語素組合：差誤、差悞。

〔12〕學者同在此，一般講學，及其後說出來，便各有差誤。（8，121，2942）

〔13〕細看來，經文疑有差悞。（5，79，2026）

7. 錯

7.1《朱子語類》中「錯」單用時基本不用作名詞,主要用作副詞、動詞、形容詞,三者詞性的使用比較均衡,分別爲副詞 5 例、動詞 5 例、形容詞 4 例,以下各舉 1 例。

〔1〕晚年大喜,不惟錯說了經書,和佛經亦錯解了。(3,45,1156)

〔2〕若錯時,也是康節錯了。(1,2,27)

〔3〕因說:「舜典此段疑有錯簡。」(5,78,1998)

7.2 場內組合:過錯、錯失、失錯、不差不錯。

〔4〕豐威在上,明在下,是用這法時,須是明見下情曲折,方得,不然,威動於上,必有過錯也,故云「折獄致刑」。(5,71,1781)

〔5〕悔是逞快做出事來了,有錯失處,這便生悔,所以屬陽。(5,67,1671)

〔6〕「二之中,四之下」,未必皆實有諸己者,故不免有失錯處。(4,61,1468)

〔7〕若得諸公見得道理透,使諸公之心便是某心,某之心便是諸公之心,見得不差不錯,豈不濟事耶!(5,67,1679)

7.3 場外組合

與表「顛倒、雜亂」的語素組合:錯亂、顛前錯後、顛倒錯亂、錯雜、差錯。

〔8〕問:「武成一篇,編簡錯亂。」(5,79,2040)

〔9〕曰:「甚好。但亦要識得義與不義。若不曾睹當得是,顛前錯後,依舊是胡做。」(7,114,2753)

〔10〕少間腳拄天,頭拄地,顛倒錯亂,便都壞了。(1,13,230)

〔11〕曰:「所謂事事物物各得其所,乃所謂時中之義。但所說大意卻錯雜。」(7,113,2748)

〔12〕今人之議論有見得雖無甚差錯,只是淺近者,此是鄙。(3,35,913)

8. 墮坑落塹

本義指「陷入坑窪之地」。朱熹用以比喻陷入錯誤的境地。

〔1〕曰「若不從這裏過，也不識所以堅牢者，正緣不曾親歷了，不識。似一條路，須每日從上面往來，行得熟了，方認得許多險阻去處。若素不曾行，忽然一旦撞行將去，少間定墮坑落塹去也！」（4，59，1421）

〔2〕曰：「不止是危動難安。大凡徇人欲，自是危險。其心忽然在此，忽然在彼，又忽然在四方萬里之外。莊子所謂『其熱焦火，其寒凝冰』。凡苟免者，皆幸也。動不動便是墮坑落塹，危孰甚焉！」（5，78，2013）

根據以上材料分析，我們得出《朱子語類》錯誤概念場詞彙系統成員共時層次語義屬性分析表。

分析\成員	單　　用	場內組合	場　外　組　合	語義屬性
訛	大多用於語言、文字、聲音方面，常出現在「傳聞之訛、傳寫之訛、聲音多訛」等格式中	訛謬、差舛訛謬、訛謬承襲、訛謬相傳；訛舛	承舛聽訛、聲訛、訛損	大多用於語言文字方面
謬	在具體語境中與「不通、失（誤）、混補之說、不成文理」等表達相應，而與「得（正確）、好」等表達相對	謬誤、錯謬	與表示「混亂、昏庸」的語素組合：謬亂、庸謬、昏謬、差謬	「混亂、昏庸」
	「謬」有程度的區分：大謬、甚謬			
繆	「繆」在具體語境中與「差、悖」相對	繆誤、錯繆	與表示「疏忽」的語素組合：紕繆、疏繆	有「疏忽」的原因
			與表示「平庸、違背、虛假」的語素組合：庸繆、繆戾、虛繆	
舛	與「有所據依」相對	舛錯、舛誤	與表示文獻流傳中「錯訛」相關概念的語素組合：舛逆、舛逸、差舛	昏亂、亡逸
過	出現的語境有「諫 X 之過、暴其過、有過則改、有過……合諍、無過可悔、不審之過」，語義上傾向於較輕的、偶然的過差。	過差、差過、過失、過錯	與表示行為方式的語素組合：悔過、諫過、改過、補過、捫過、作過	傾向名詞用法
			「過」有名詞＞動詞＞形容詞的用法名詞用法組合：罪過、功過、過惡、口過；形容詞用法組合：過計；動詞用法組合：寡過、貳過	

誤	就本概念場而言,《朱子語類》中「誤」比「錯」的用例多,誤大多用作動詞,和「錯」在詞性上使用的區別是,「誤」可用作「名詞」,而「錯」則無此用法。	過誤、錯誤	與表示「脫漏、空缺」的語素組合:脫誤、闕誤	脫漏、差失
			與表示「疑惑」的語素組合:疑誤;與表示「迷惑」的語素相對	
			與表示「差失」的語素組合:差誤、差悞	
錯	《朱子語類》中「錯」單用時基本不用作名詞,主要用作副詞、動詞、形容詞,三者詞性的使用比較較均衡	過錯、錯失、失錯、不差不錯	與表示「顛倒、雜亂」的語素組合:錯亂、顛前錯後、顛倒錯亂、錯雜、差錯	「顛倒、雜亂」
墮坑落塹	本義指陷入坑窪之地	無	無	陷入錯誤境地

(二)歷時考察

1. 訛

本義為「謠言」,亦作「譌」。《說文・言部》:「譌言也。從言為聲。《詩》曰:『民之譌言。』」(清)段玉裁《說文解字注》:「譌言也。疑當作偽言也。《唐風》:『人之為言』。定本作偽言。箋云:『為,人為善言,以稱薦之。欲使見進用也。』《小雅》:『民之訛言』。箋云:『訛,偽也。人以偽言相陷入』。按為、偽、譌古同。通用。《尚書》南譌。《周禮注》、《漢書》皆作南偽。從言。為聲。五禾切。十七部。詩曰:『民之譌言』。今小雅作訛。《說文》無訛有吪。吪,動也。訛者俗字。」由上可知,「訛」為「譌」的後起字,本指不真實的言論。《爾雅・釋詁下》:「訛,言也。」郭璞注:「世以妖言為訛。」進一步引申為「訛誤;錯謬。」《廣韻・戈韻》:「訛,謬也。」

《朱子語類》只出現「訛」而無「譌」。「訛」的「訛誤;錯謬」義項源自「謠言、譌言」的意思。之所以稱之為「謠言、譌言」,並非「言論」本身一定是「錯誤」的,而是與「原話」有「差別和出入」的地方,因而「訛」的「訛誤;錯謬」義在語義上傾向於由於主客觀原因造成的「差錯」義。該義項從六朝沿用至現代漢語中。

〔1〕(北魏)酈道元《水經注・河水三》:「漢武帝元朔三年,封代共王子劉忠為侯國,王莽之慈平亭也。胡俗語訛,尚有千城之稱。」

〔2〕楊朔《中國人民的腳步聲・紅石山》：「察哈爾龍關西南二十里有座高山，原名黃泉嶺，俗話訛做黃草梁。」

2. 謬

本義爲「謬誤；差錯」。《說文・言部》：「謬，狂者之妄言。」《廣雅・釋詁三》：「謬，誤也。」該義項從先秦沿用至現代漢語中。

〔1〕《書・冏命》：「繩愆糾謬，格其非心，俾克紹先烈。」孔傳：「彈正過誤，檢其非妄之心。」孔穎達疏：「即言正己之事，繩其衍過，糾其錯謬。格其非妄之心」。

〔2〕民意《告非難民生主義者》：「就美國經濟社會史正梁氏三謬。」

3. 繆

通「謬」，錯誤；荒謬。（清）朱駿聲《說文通訓定聲・孚部》：「繆，假借爲謬。」「繆」開始是用作「謬」的借字，古文獻中都會出注，後爲人們接受，直接表達「錯誤；荒謬」的意義，該義項從先秦沿用到現代漢語書面語中。

〔1〕《莊子・盜跖》：「多辭繆說，不耕而食，不織而衣。」

〔2〕魯迅《墳・文化偏至論》：「則多數之說，繆不中經。」

4. 舛

本義指「兩人相對而臥」。《說文・舛部》：「對臥也。從夂㐄相背。」段玉裁注：「謂人與人相對而休也。引申之，足與足相抵而我亦曰舛。」抽象之，則有「相違背；相矛盾」之義。《廣雅・釋詁二》：「舛，偝也。」慧苑《華嚴經音義・明法品》引《珠叢》：「舛，相違背也。」如果違背了正確的思維或方向，就成了「錯誤；差錯」。《集韻・獮韻》：「舛，錯亂。」該義項從漢代沿用至清。

〔1〕《漢書・賈誼傳》：「天子之後以緣其領，庶人孽妾緣其履，此臣所謂舛也。」

〔2〕《紅樓夢》第七十三回：「口內不舛錯，便有他事，也可搪塞一半。」

5. 過

過失；過錯。《廣雅・釋詁三》：「過，誤也。」《字彙・辵部》：「過，失誤也。無心之失，謂之過。」「過」的「過失；過錯」義，從先秦沿用至現代

漢語。

〔1〕《書・大禹謨》:「宥過無大,刑故無小。」

〔2〕沈從文《蜜柑》:「我們沒有朋友在此是師母的過。」

6. 誤

本義指「謬誤;錯誤」。《說文・言部》:「誤,謬也。」從先秦沿用至清。

〔1〕《書・立政》:「繼自今文子文孫,其勿誤於庶獄庶慎,惟正是乂之。」孔穎達疏:「繼續從今以往,文王之子孫其勿得過誤於眾獄訟、眾所慎之事。」

〔2〕魯迅《而已集・讀書雜談》:「往往有人誤以爲批評家對於創造是操生殺之權,占文壇的最高位的,就忽而變成批評家;他的靈魂上掛了刀。」

「錯誤」作爲複合詞最早出現在六朝,沿用到現代漢語中成爲表示表示「不正確;與客觀實際不符」義的主要詞語。《三國志・魏志・曹爽傳》「勝不能覺,謂之信然」裴松之注引《魏末傳》:「太傅語言錯誤,口不攝杯,指南爲北。」

7. 錯

本義指「用金塗飾」。《說文・金部》:「錯,金塗也。」詞義泛化指「鑲嵌或繪繡花紋。」雜亂會讓人理不清頭緒,容易發生錯誤,《集韻・澤韻》:「錯,乖也。」即「錯誤,乖謬」義,該義項最早用例在先秦文獻中以見。〔註9〕《墨子・非命上》:「今雖毋求執有命者之言,必不可得,不亦錯乎?」張純一《集解》:「錯,舛也,誤也。」「錯」的「錯誤」義從兩漢沿用至今,其表示「錯誤」義時包含著「背離;違背」義。

〔1〕(漢)桓寬《鹽鐵論・相刺》:「據古文以應當世,猶辰參之錯,膠柱而調瑟,固而難合矣。」

〔2〕巴金《里昂》:「我錯就錯在我想寫我自己不熟悉的生活。」

〔註9〕關於「錯」的「錯誤」義產生的時代問題,張永言(1961)、趙新德(1987)、吳金華(1989)等在《中國語文》上作過集中討論,認爲「錯」的「錯誤」義在漢末就已經產生。見張永言,「錯」字在唐代以前就有了「錯誤」義;趙新德,「錯」的「錯誤」義不始於唐;吳金華,「錯」有《錯誤語》義不晚於漢末。

與「錯」的「亂」義引申出「錯誤，乖謬」義類似的引申途徑在詞彙系統中是成序列，如對，《說文・䇂部》：「䇂無方也。」徐鍇《繫傳》「有問則對，非一方也。」對與答是相對應，相配合的，有條不紊的，因而「對」由「對應」可以引申出符合邏輯的「正確」的意思。金穎《常用詞「過」、「誤」、「錯」的歷時演變與更替》一文認為：「先秦兩漢時期『錯誤』義主要由『過』來表達；魏晉南北朝主要由『誤』表達、唐代中期以後，『錯』發展成熟，取代『誤』的主導地位，沿用至今。」〔註10〕僅從歷時的角度來看，這種觀點是正確的，但如果從歷時和共時綜合的角度來看，「過」、「誤」、「錯」在一定的歷史平面上，語義表達上是有互補性的，三者並不是直線的關係，而是以面的形式平行推進的。

8. 墮坑落塹

本謂「跌落進坑裏「，禪家喻指」陷入言辭知解，不契禪法」。該詞是個口語性較強的俗語詞，多見於宋代語錄中。

〔1〕《圓悟佛果語錄》卷七：「直下無事平地陷人，別有機關墮坑落塹。」

〔2〕《古尊宿語錄》卷二十三：「道得底，出來道看。直饒道得，也是勿交涉。若是道不得，也即墮坑落塹。」

根據以上材料分析，我們得出《朱子語類》錯誤概念場詞彙系統成員歷時層次分析圖。

〔註10〕金穎《常用詞「過」、「誤」、「錯」的歷時演變與更替》《古漢語研究》〔J〕2008〔1〕。

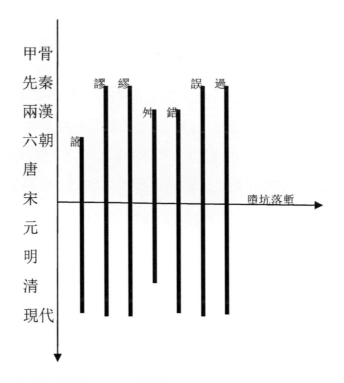

結合上圖，我們可以得出如下結論：

①錯誤概念場在先秦時期的主要成員有「謬（繆）、誤、過」其中「繆」為「謬」的通假字，此四者一直沿用到現代漢語書面語中。

②兩漢新增的成員有「舛、錯」，六朝新增的成員有「訛」；其中「舛」沿用至清，而「錯、訛」一直沿用至現代漢語書面語中，「錯」則成為現代漢語中表示錯誤概念的常用詞。

③宋代表達錯誤概念的還有臨時成員「墮坑落塹」。

五、失常概念場詞彙系統及其演變研究

失常，指行為主體的內在思維或外在行為失去常態，不正常。《朱子語類》中有「顛、狂、風」為核心語素的三類詞及「失心、喪心、心恙」共同指稱失常概念場。

（一）共時材料描寫

1. 顛

語義上指「違背社會公認評價體系」（如「不靠實」）或「違背主觀期待」（如「不悟者、學不成」）而形成的一種不正常的行為。

〔1〕又曰：「近來諸處學者談空浩瀚，可畏！可畏！引得一輩江西士人都顛了。」（8，124，2978）

〔2〕置此心於危急之地，悟者爲禪，不悟者爲顛。（8，126，3028）

〔3〕曰：「《史記》不可學，學不成，卻顛了，不如且理會法度文字。」（8，139，3320）

1.1 場內組合：顛狂。

語義上仍舊傾向於「背離常規實際」，形成一種「不切實，不貼實」的感覺。

〔4〕曰：「聖賢言語一步是一步。近來一種議論，只是跳躑。初則兩三步做一步，甚則十數步作一步，又甚則千百步作一步，所以學之者皆顛狂。」（8，124，2969）

〔5〕他只是恁地了，便是聖賢，然無這般顛狂底聖賢！（8，124，2982）

1.2 場外組合：顛蹷（顛蹶）、酒顛、發顛、發顛狂。

〔6〕如今都教壞了後生，箇箇不肯去讀書，一味顛蹷沒理會處，可惜！可惜！（7，104，2619）

〔7〕夔孫錄云：「未死以前，戰戰兢兢，未嘗少息。豈曾如此狂妄顛蹷！」（3，40，1032）

〔8〕至邵康節云「真樂攻心不奈何」，樂得大段顛蹶。（3，31，798）

〔9〕韓文公似只重皇甫湜，以《墓誌》付之，李翱只令作《行狀》。翱作得《行狀》絮，但湜所作《墓誌》又顛蹶。（8，137，3275）

〔10〕某嘗皆譬云，長孫叔權皆是爲酒所使，一箇善底只是發酒慈，那一箇便酒顛。（7，129，2877）

〔11〕又曰：「他是會說得動人，使人都恁地快活，便會使得人都恁地發顛發狂。某也會恁地說，使人便快活，只是不敢，怕壞了人。他之說，卻是使人先見得這一箇物事了，方下來做工夫，卻是上達而下學，與聖人『下學上達』都不相似。然他才見了，便發顛狂，豈肯下來做？」（8，124，2982）

從以上所引材料可知，「顛」是一種潛在的病態，常與動詞「發」連用，如「發顛、發顛狂」。

2. 狂

2.1 單用時「狂」有一定的外在行爲表現，因而可以「佯狂」。

〔1〕問：「箕子當時，何必佯狂？」（4，48，1192）

〔2〕外雖佯狂，而心確守得定。（4，48，1194）

2.2 場內組合：「顛狂」見「顛」。

2.3 場外組合：病狂、發狂、發顛發狂。語義上蘊含著「缺失安靜、不自覺、快活」的元素。

〔3〕因舉舊有人作《仁人之安宅賦》一聯云：「智者反之，若去國念田園之樂；眾人自棄，如病狂昧宮室之安。」（8，139，3323）

〔4〕世人心不在殼子裏，如發狂相似，只是自不覺。（6，94，2410）

〔5〕又曰：「他是會說得動人，使人都恁地快活，便會使得人都恁地發顛發狂。」（8，124，2982）

3. 風

3.1 單用無。

3.2 場內組合：無。

3.3 場外組合：病心風、心風、病風。

〔1〕又云：「《了翁集》後面說禪，更沒討頭處。病翁笑曰：『這老子後來說話如此，想是病心風。』」（8，130，3104）

〔2〕施全刺秦檜，或謂岳侯舊卒，非是。蓋舉世無忠義，這些正義忽然自他身上發出來。秦檜引問之曰：「你莫是心風否？」曰：「我不是心風。舉天下都要去殺番人，你獨不肯殺番人，我便要殺你！」（8，131，3158）

〔3〕一日，張教京家子弟習走。其子弟云：「從來先生教某們慢行。今令習走，何也？」張云：「乃公作相久，敗壞天下。相次盜起，先殺汝家人，惟善走者可脫，何得不習！」家人以爲心風，白京。京愀然曰：「此人非病風。」召與語，問所以扶救今日之道及人材可用者。（7，101，2571）

從以上所引材料可知，「風」亦是一種潛在的病態，有複合詞「風疾」，古人認爲「風」乃心疾，有「病心風、心風」的說法。

4. 失心、喪心、心恙

〔1〕得一日，忽開諭其子弟以奔走之事，其子弟駭愕，即告之曰：「若有賊來，先及汝等，汝等能走乎？」子弟益驚駭，謂先生失心，以告老蔡。（7，101，2569）

〔2〕到得晚年過海，做《過化峻靈王廟碑》，引唐肅宗時一尼恍惚升天，見上帝，以寶玉十三枚賜之云，中國有大災，以此鎮之。今此山如此，意其必有寶云云，更不成議論，似喪心人說話！（8，139，3310）

〔3〕柔直以師道自尊，待諸生嚴厲，異於他客，諸生已不能堪。一日，呼之來前，曰：「汝曹曾學走乎？」諸生曰：「某尋常聞先生長者之教，但令緩行。」柔直曰：「天下被汝翁作壞了。早晚賊發火起，首先到汝家。若學得走，緩急可以逃死。」諸子大驚，走告其父，曰：「先生忽心恙」云云。（7，101，2571）

根據以上材料分析，我們得出《朱子語類》失常概念場詞彙系統成員共時層次語義屬性分析表：

分析成員	單　　用	場內組合	場外組合	語義屬性
顛	語義上指違背社會公認評價體系（如「不靠實」）或違背主觀期待（如「不悟者、學不成」）而形成的一種不正常的行爲	顛狂	顛厥（顛蹶）、酒顛、發顛、發顛狂	行爲背離常規實際的病態
狂	有一定的外在行爲表現，因而可以「佯狂」	顛狂	病狂、發狂、發顛發狂	語義上傾向「不安靜、不自覺、快活」
風	無	無	病心風、心風、病風	「風」乃一種思維失常的精神疾病
失心、喪心、心恙	與「心」有關	無	無	「心」不能處於正常的狀態的疾病

（二）歷時考察

1. 顛

癲狂，瘋癲。《說文解字·頁部》「顛，頂也。」西漢《急就篇》：「疝瘕顛疾狂失響。」顏師古注：「顛疾，性理顛倒失常，亦謂之狂癨，妄動作也。」（清）朱駿聲《說文通訓定聲·坤部》：「顛，假借爲瘨。」「瘨」本義指癲癇

病。《說文・疒部》:「瘨,病也。」引申爲癲狂,《玉篇・疒部》:「瘨,狂也。」癲,精神病。《集韻・先韻》:「癲,狂也。」由上可知,表「瘋癲」義的原初字形爲「顚」,人們逐漸意識到「瘋癲」是一種精神疾病,因而文獻中逐漸寫成其通假字「瘨」,後寫成「癲」。在「癲狂,瘋癲」的義項上,三者出現的先後順序爲:顚先秦→瘨先秦→癲唐。〔註11〕它們在歷代文獻中仍處於混用狀態,該義項從先秦沿用至現代漢語中,字形也規範爲「癲」。

〔1〕《書・盤庚中》:「乃有不吉不迪,顚越不恭,暫遇姦宄。」孫星衍疏:「顚,與瘨通。《廣雅・釋詁》:『狂也。』」

〔2〕《素問・腹中論》:「石藥發瘨,芳草發狂。」王冰注:「多喜曰瘨;多怒曰狂。」

〔3〕《方書》癲狂分二症,癲,喜笑不常,顚倒錯亂也;狂,狂亂不定也。」

〔4〕丁玲《莎菲女士的日記・一月十號》:「我簡直癲了,反反覆覆的只想著我所要施行的手段的步驟,我簡直癲了。」

2. 狂

本指「瘋狗」;亦指「狗發瘋」。《說文・犬部》:「狂,狾犬也。」詞義泛化後指「人瘋癲,精神失常」。《玉篇・犬部》:「狂,癲癡也。」該義項從先秦沿用到現代漢語。

〔1〕《書・微子》:「我其發出狂,吾家耄,遜於荒。」孔傳:「發疾生狂。」

〔2〕嚴復《論世變之亟》:「謂有人焉,忔忔俔俔,低首下心,講其事而謟其術,此非病狂無恥之民,不爲是也。」

3. 風

指「顚狂病」;也指「顚狂」。最早約出現於六朝文獻中,《古今韻會舉要・東韻》:「風,又狂疾。」《正字通・風部》:「風,今俗狂疾曰風。別作瘋。」而「瘋」本義指「偏頭痛」。《集韻・東韻》:「瘋,頭病。」《正字通・疒部》:「瘋,頭瘋病。」頭腦的病痛到極甚時,就會使人不能有效的控制自己的行爲。因而,「瘋」在清代引申出「神經錯亂,精神失常」之義,取代原有字形

〔註11〕《朱子語類》中僅出現字形「顚」,未見「瘨」與「癲」。

「風」，成爲表示「顚狂」義的標準詞形，沿用至今。

〔1〕《宋書・逸民・吳苦傳》：「吳郎風耶？何忽如此。」

〔2〕《聊齋誌異・畫皮》：「市上有瘋者，時臥糞土中。」

〔3〕郭沫若《棠棣之花》：「你是發了瘋，要往韓城送死嗎？」

4. 失心、喪心、心恙

心，古人以心爲思維器官，《孟子・告子上》：「心之官則思。」故後沿用爲腦的代稱。因而「失心、喪心、心恙」均指精神上的毛病，其中「失心」，亦稱「失心病、失心風、失心瘋」，指神經錯亂，精神失常，該義項從先秦沿用至清。

〔1〕《國語・晉語二》：「今晉侯不量齊德之豐否，不度諸侯之勢，釋其閉修，而輕於行道，失其心矣。君子失心，鮮不夭昏。」韋昭注：「失其心守。」

〔2〕《世說新語・紕漏》「殷仲堪父病虛悸」劉孝標注引南朝宋檀道鸞《續晉陽秋》：「仲堪父曾有失心病。」

〔3〕《水滸傳》第三九回：「原來這宋江是個失心風的人。尿屎穢汙全不顧，口裏胡言亂語。」

〔4〕《儒林外史》第二七回：「〔王太太〕灌醒過來，大哭大喊，滿地亂滾，滾散頭髮；一會又要扒到牀頂上去，大聲哭著，唱起曲子來——原來氣成了一個失心瘋。」

喪心，指「心理反常；喪失理智」，該詞從先秦沿用到現代漢語中。

〔5〕《左傳・昭公二十五年》：「哀樂而樂哀，皆喪心也。」

〔6〕魯迅《集外集拾遺補編・關於知識階級》：「一聽到新思想，一看到俄國的小說，更其害怕，對於較特別的思想，較新思想尤其喪心發抖。」

心恙，謂精神不正常，該詞從宋沿用至明。

〔7〕（宋）李遵勖《天聖廣燈錄》卷第三十：「東京景德寺僧志言者，壽春人，姓許氏。受業於本寺七俱胝院，常親法華講席。一日，如感心恙，肆逸無羈，容止甚異，每遇諸塗，俱書空不已。」

〔8〕《三國演義》第九回：「董卓擺列儀從入朝，忽見一道人，青袍白巾，手執長竿，上縛布一丈，兩頭各書一『口』字，卓問肅

日:『此道人何意？』蕭曰:『乃心恙之人也。』呼將士驅去。」

根據以上材料分析，我們得出《朱子語類》失常概念場詞彙系統成員歷時層次分析圖。

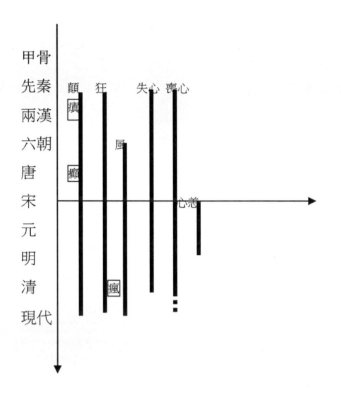

結合上圖，我們可以得出如下結論：

①失常概念場在先秦時期的主要成員有「顚、狂」，「顚」亦寫成「瘨、癲」，唐代以後該詞詞形基本固定爲「癲」並沿用至現代漢語。

②六朝新增的成員有「風」，大約在清代該詞寫成「瘋」，一直沿用至現代漢語，並成爲現代漢語中表達失常概念的常用詞。

③另有複合詞「失心、喪心」，前者從先秦沿用至清，而後者仍保留在現代漢語書面語中；宋明期間還有臨時成員「心恙」表達失常概念。

六、吵鬧概念場詞彙系統及其演變研究

吵鬧，指兩個以上的人「爭吵」或「喧嘩，喧嚷」的行爲，《朱子語類》中有「炒（譟）、爭、鬧、鬨、聒、噪、喧、譁（嘩）、嘈」爲核心語素的九類詞指稱吵鬧概念場。

（一）共時材料描寫

1. 炒（謿）

1.1「炒」單用。

1.1.1 表示被物（反復）攪和，有「參和、攪和」義。

〔1〕且如讀此一般書，只就此一般書上窮究，冊子外一個字且莫兜攬來炒。（8，121，2940）

〔2〕孟子已見得性善，只就大本處理會，更不思量這下面善惡所由起處，有所謂氣稟各不同。後人看不出，所以惹得許多善惡混底說來相炒。（4，59，1386）

〔3〕且如出十里外，既無家事炒，又無應接人客，正好提撕思量道理。（8，121，2922）

1.1.2 被人（反復）攪和，有「攪擾，煩擾」義。

〔4〕曰：「今日祿令更莫說，更是不均。且如宮觀祠祿，少間又盡指占某州某州。蓋州郡財賦各自不同，或元初立額有厚薄，或後來有增減，少間人盡占多處去。雖曰州郡富厚，被人炒多了，也供當不去。少間本州本郡底不曾給得，只得去應副他處人矣。」（7，109，2696）

〔5〕不知如何紂出得個兒子也恁地狡猾！想見他當時日夜去炒那管叔說道：「周公是你弟，今卻欲篡為天子；汝是兄，今卻只恁地！」管叔被他炒得心熱，他性又急，所以便發出這件事來。（4，54，1304）

〔6〕徽宗因見星變，即令衛士僕黨碑，云：「莫待明日，引得蔡京又來炒。」（8，127，3048）

〔7〕古人瞽史誦詩之類，是規戒警誨之意，無時不然。便被他恁地炒，自是使人住不著。（1，12，200）

1.2 場內組合：爭炒。

〔8〕且如祧廟集議，某時怕去爭炒，遂不去，只入文字。（7，107，2668）

1.3 場外組合：合炒、厮炒。（**兩個及以上的人相互攪和，有「爭辯，爭炒」義。**）

〔9〕某聞一日集議，遂辭不赴。某若去時，必與諸公合炒去。（7，10，2663）

〔10〕又如今兩人廝炒，自家要去決斷他，須是自家高得他。（7，112，2735）

「炒」是「鬻」的「鬻乾」義的後出字。《說文》：「鬻，熬也。從𩰲，芻聲。」徐鉉等曰：「今俗作爆，別作炒，非是。尺沼切。」據徐鉉按語，「爆」是是「鬻」的俗寫換旁字，又別作「炒」。《集韻》（萬有文庫影印日本天保九年重刊顧廣圻補刻本）卷之四・平聲四・十八尤・鄒：𧮫，P.3906《碎金》：「音聲相謥：楚卯反。」按：《集韻・巧韻》：「謥，聲也。或從少。」即今「吵鬧」之「吵」也，「言」旁「口」旁意義相通。「炒」的「絮聒，爭辯」義在《朱子語類》中也作「謥」。《玉篇》卷九：「謥，初卯切，弄人言。」（明）焦竑《俗書刊誤》卷十一：「亂言曰謥。」《字彙》：「相擾也。」「謥」有「亂說爭擾」義。

〔11〕南軒祝上未須與人說，相將又謥。（7，103，2609）

〔12〕光性剛，雖暫屈，終是不甘，遂與秦檜謥。（8，131、3158）

〔13〕李泰發參政，在上前與秦相爭論甚力，每語侵秦相，皆不應。（8，131、3158）

例 12 是包揚所錄，例 13 是廖德明所錄，「爭論甚力」與「遂與秦檜謥」語義相似，可證「謥」有「爭論」義。

2. 爭

2.1 單用。

2.1.1 「爭」是一個人以上才會發生的行爲。

〔1〕所以與人辨，與人爭，亦不是要人尊己，只要人知得斯道之大，庶幾使人竦動警覺。（3，36，961）

〔2〕曰：「只立輒時，只是蒯聵一箇來爭。若立它時，則又添一箇來爭，愈見事多。」（3，43，1102）

〔3〕可學云：「今人只見說《易》爲卜筮作，便群起而爭之，不知聖人乃是因此立教。」（4，66，1627）

〔4〕今人須以卜筮之書看之，方得；不然，不可看《易》。嘗見艾軒與南軒爭，而南軒不然其說。南軒亦不曉。（4，66，1622）

〔5〕教那箇權官見代者來得恁地急，不能與爭，自去了。（7，106，2650）

〔6〕一日，問如何，秦曰：「軍人們閑相爭之類，已令人去撫定矣。」（8，131，3158）

2.1.2「爭」的程度可以用「峻、力、深」來形容。

〔7〕曰：「聞當時秦少遊最爭得峻，惜乎亦不見之。（8，128，3079）

〔8〕舊時謂觀理之是非，才見己是而人非，則其爭愈力。（6，95，2444）

〔9〕《老子》一書意思都是如此。它只要退步不與你爭。如一箇人叫哮跳躑，我這裏只是不做聲，只管退步。少間叫哮跳躑者自然而屈，而我之柔伏應自有餘。老子心最毒，其所以不與人爭者，乃所以深爭之也，其設心措意都是如此。（8，137，3266）

2.1.3「爭」的對象可以是「地域、事情、觀點、對錯、是非」等。

〔10〕趙丞相亦自主和議，但爭河北數州，及不肯屈膝數項禮數爾。至秦丞相，便都不與爭。（8，131，3143）

〔11〕魏公獨相，遂挽秦爲樞密使。秦一切唯唯，從公所爲。久之，始與公爭事。（8，131，3147）

〔12〕某云：「卻不要與某爭。某所聞甚的，自有源流，非強說也。」兼了翁所舉知仁勇之類，卻是道得著；至子靜所舉，沒意味也。（7，97，2495）

〔13〕只看這處，是非曲直自易見。論來若說爭，只爭箇是非。（8，130，3110）

〔14〕范蜀公謂今《漢書》言律處折了八字。蜀中房庶有古本《漢書》有八字，所以與溫公爭者，只爭此。（6，92，2344）

〔15〕如賢人以下，知得我既是要如此，想人亦要如此，而今不可不教他如此，三反五折，便是推己及物，只是爭箇自然與不自然。（2，27，691）

〔16〕又曰：「看它諸公所論，只是爭箇『敬』字。」（3，30，764）

2.1 場內組合：爭炒。見「炒」。

2.2 場外組合：紛爭、爭說、爭辨（爭辯）、爭論、爭議（爭義）。

〔17〕諸子說性惡與善惡混。使張程之說早出，則這許多說話自不用紛爭。（1，4，70）

〔18〕而今人聽人說話未盡，便要爭說。（8，121，2930）

〔19〕某與林黃中爭辨一事，至今亦只是說，不以爲悔。（8，123，2961）

〔20〕墨翟與工輸巧爭辯云云。（8，138，3295）

〔21〕向爲人不理會得仁，故做出此等文字，今卻反爲學者爭論。（4，59，1411）

〔22〕李泰發參政，在上前與秦相爭論甚力，每語侵秦相，皆不應。（8，131，3158）

〔23〕一時煞爭議，後來卒用火德。此等皆沒理會。（6，87，2239）

〔24〕看得字義是一難底字，緣有爭義。（3，38，999）

從以上所引材料可以看出，「爭」是一種有傾向性的行爲，有明確的目的，帶有理性的論辯的色彩，可能是當時通語，而「炒」則帶感性的通俗的色彩。

3. 鬧

3.1 單用。

3.1.1 表示「取鬧」的動作。

〔1〕宮爲君，商爲臣，是臣陵君之象。其聲憤怒躁急，如人鬧相似，便可見音節也。（2，25，627）

〔2〕又曰：「歐文如賓主相見，平心定氣，說好話相似。坡公文如說不辦後，對人鬧相似，都無恁地安詳。」（8，139，3312）

3.1.2 表示「嘈雜」的狀態。

〔3〕只是實去做工夫。議論多，轉鬧了。（1，8，139）

〔4〕靜坐久時，昏困不能思；起去，又鬧了，不暇思。（1，12，221）

〔5〕如賈誼胸次終是鬧，著事不得，有些子在心中，盡要迸出來。（4，58，1373）

〔6〕德明錄云：「如暑往寒來，日往月來，皆是常理。只著個『憧憧』字，便鬧了。」（5，72，1812）

〔7〕雖百工技藝做得精者，也是他心慮理明，所以做得來精。心裏鬧，如何見得！（8，（8，140，3333）

3.2 場內組合：喧鬧。

〔8〕「天下之至賾」與《左傳》「嘖有煩言」之「嘖」同。那箇從「口」，這箇從「臣」，是箇口裏說話多、雜亂底意思……淳錄云：「本從『口』，是喧鬧意。從『臣』旁亦然。」（5，74，1911）

3.3 場外組合：作鬧、討鬧、鬧場、冗鬧、鬧熱〉熱鬧；鬧裝。

〔9〕上之人分明以賊盜遇士，士亦分明以盜賊自處，動不動便鼓譟作鬧，以相迫脅，非盜賊而何？（7，109，2694）

〔10〕伯豐問《四明尊堯集》。曰：「只似討鬧，卻不於道理上理會。蓋它止是於利害上見得，於義理全疏。（8，130，3099）

〔11〕若渾身都在鬧場中，如何讀得書！（7，116，2806）

〔12〕賾，只是一箇雜亂冗鬧底意思。（5，75，1914）

〔13〕向在鵝湖，見伯恭欲解《書》，云：「且自後面解起，今解至《洛誥》。」有印本，是也。其文甚鬧熱。（5，78，1988）

〔14〕先生曰：「東坡蓋是夾雜些佛老，添得又鬧熱也。」（8，137，3275）

〔15〕蓋心下熱鬧，如何看得道理出！（7，103，2602）

〔16〕伯恭是箇寬厚底人，不知如何做得文字卻似箇輕儇底人？如省試義大段鬧裝，說得堯舜大段脅肩諂笑，反不若黃德潤辭雖窘，卻質實尊重。（8，122，2953）

「鬧」的語義特點，可以表示動作和狀態。所以「炒、鬧」在「喧擾」、「爭吵」義上同義並列組成複合詞。「炒鬧、鬧炒」在文獻中均有用例，但能保留在現代漢語通語中的是「炒鬧」，因為其結合的方式符合動作先於狀態的客觀規律：「動作＋狀態→炒鬧」。

4. 鬩

4.1 單用時表示因對事情有不同處理方式而吵鬧的行為，如「河東決西決」。

〔1〕秀才好立虛論事，朝廷纔做一事，鬩鬩地鬩過了，事又只休。且如黃河事，合即其處看其勢如何，朝夕只在朝廷上鬩，河東決西決。（8，127，3043）

4.2 場內組合：喧鬩、鬩鬩。

〔2〕如此，庶幾人有固志，免得如此奔競喧鬨。（7，109，2701）

〔3〕上曰：「朕且夕親往建康。」未幾，外面鬨鬨地，謂上往建康。
（7，103，2609）

〔4〕一日早，只見街上鬨鬨地，人不敢開門。（8，127，3052）

4.3 場外組合：打鬨、鬨然。

〔5〕然而居肆亦有不能成其事，如閑坐打鬨過日底。（4，49，1204）

〔6〕當時滿朝更無一人知道合當是如何，大家打鬨一場，後來只說
莫若從厚。（6，84，2184）

〔7〕次日，又偶有一蛇在階旁。眾人鬨然，以爲不謁廟之故。（1，3，
53）

〔8〕則所更一事未成，必鬨然成紛擾，卒未已也。（7，108，2689）

5. 聒

5.1 單用時與「感動」相類。

〔1〕曰：「而今作俗樂聒人，也聒得人動。況先王之樂，中正平和，
想得足以感動人！」（3，35，932）

5.2 場內組合：聒噪。

〔2〕申棖也不是箇楬鑿底人，是箇剛悻做事聒噪人底人。（2，28，
723）

〔3〕子張較聒噪人，愛說大話而無實。（3，32，805）

5.3 場外組合：無。

6. 噪

6.1 單用無。

6.2 場內組合：無。

6.3 場外組合：鼓譟、喊噪。

〔1〕上之人分明以賊盜遇士，士亦分明以盜賊自處，動不動便鼓譟
作鬧，以相迫脅，非盜賊而何？（7，109，2694）

〔2〕傅景仁初解漳州，以支散衣絹不好，爲軍人喊噪，不得已以錢
貼支，始得無事，歲以爲苦。（7，106，2651）

7. 喧

7.1 單用無。

7.2 場內組合：喧闐、喧鬧。

〔1〕如此，庶幾人有固志，免得如此奔競喧闐。（7，109，2701）

「喧鬧」見「鬧」。

7.3 場外組合：喧忿、喧然。

〔2〕頃在朝，因僖祖之祧，與諸公爭辨，幾至喧忿。（6，90，2305）

〔3〕而上怒甚，捕捉甚峻，城中喧然。（8，129，3089）

8. 譁（嘩）

8.1 單用無。

8.2 場內組合：喧嘩。

〔1〕叔孫通爲綿蕝之儀，其效至於群臣震恐，無敢喧嘩失禮者。（8，135，3222）

8.3 場外組合：譁然。

〔2〕先生在臨漳，首尾僅及一期，以南陬敝陋之俗，驟承道德正大之化，始雖有欣然慕，而亦有諤然疑，譁然毀者。（7，106，2653）

〔3〕且如祧廟集議，某時怕去爭炒，遂不去，只入文字。後來說諸公在那裏群起譁然，甚可畏，宰相都自怕了。（7，107，2668）

9. 嘈

9.1 單用無。

9.2 場內組合：無。

9.3 場外組合：羅羅嘈嘈、嘈嘈切切。

〔1〕這箇本是要成物，而不及於成己；少間只見得下面許多羅羅嘈嘈，自家自無箇本領，自無箇頭腦了，後去更不知得那箇直是是，那箇直是非，都恁地鶻鶻突突，終於亦不足以成物。（8，124，2981）

〔2〕白樂天《琵琶行》云「嘈嘈切切錯雜彈，大珠小珠落玉盤」云云，這是和而淫；至「淒淒不似向前聲，滿坐重聞皆淹泣」！這是淡而傷。（8，140，3328）

根據以上材料分析，我們得出《朱子語類》吵鬧詞彙系統成員共時層次語義屬性分析表。

分析\成員	單　　　用	場內組合	場　外　組　合	語義屬性
炒、謅	表示被物（反復）攪和，有「參和、攪和」義	爭炒	合炒、廝炒	有「攪擾，煩擾」義
	被人（反復）攪和，有「攪擾，煩擾」義			
爭	是一個人以上才會發生的行爲	爭炒	紛爭、爭說、爭辨（辯）、爭論、爭議（義）	一個人以上的行爲
	程度可用「峻、力、深」來形容			
	對象可以是「地域、事情、觀點、對錯、是非」等			
鬧	表示「取鬧」的動作 表示「嘈雜」的狀態	喧鬧	作鬧、討鬧、鬧場、冗鬧、鬧熱＞熱鬧；鬧裝	嘈雜的狀態
鬨	表示因對事情有不同處理方式而吵鬧的行爲，如「河東決西決」	喧鬨、鬨鬨	打鬨、鬨然	與「哄」有音義關係
聒	與「感動」相類	聒噪	無	喧嘩；嘈雜
噪	無	無	鼓譟、喊噪	喧鬧
喧	無	喧鬨、喧鬧	喧忿、喧然	側重於聲音大
譁（嘩）	無	喧嘩	譁然	側重於聲音「雜亂」
嘈	無	無	羅羅嘈嘈、嘈嘈切切	聲音繁雜

（二）歷時考察

1. 炒、謅

「炒」本作鬻，《說文·鬻部》：「鬻，熬也。」段玉裁注：「鬻，《爾雅音義》引《三蒼》：『熬也』《說文》：『火乾物也。』與今本異。」《廣韻·巧韻》：「鬻」，同「炒」。指把食物放在鍋裡加熱並隨時翻攪使熟的一種烹調方法，在六朝文獻中已經寫作「炒」。賈思勰《齊民要術·造神曲並酒》：「炒麥黃，莫令焦。」

「炒」的「爭吵」義演變過程可分析爲「炒」本指把食物或其他東西放在鍋裏加熱翻動使熟或使乾，其「反復翻攪」的動作對象變成「人」時即爲

「攪擾，煩擾」義，敦煌變文中已經出現「炒」表示「吵鬧」義的用法，沿用至清。

〔1〕《父母恩重經講經文》（一）：「無睡眠，沒光彩，煎炒心神形貌改。」

〔2〕《初刻拍案惊奇》卷二十：「那家庭間每每被這等人炒得十清九濁。」

表示「吵鬧」的「（炒）吵」的語義特點：表動作，關聯的主體為二個或以上。語義的演變過程中經歷了一個從「在鍋裡翻攪食物」到「兩個及以上的人在任何地方相互攪和」隱喻的過程，表「吵鬧」義還可以寫成「抄」，如：

〔3〕（元）李行道《灰闌記》第二折：「怎禁這桑新婦當面鬧抄抄。」

〔4〕（明）湯顯祖《牡丹亭·寫真》：「這兩度春遊忒分曉，是禁不的燕抄鶯鬧。」

「拌」與「炒」在「反復翻攪」的語義上同義，因而「爭吵」在近代漢語白話中可以說「拌嘴」。是兩個人「來來回回」吵鬧的形象描述。《金瓶梅詞話》第七五回：「玉樓見兩個拌的越發不好起來。一面拉起金蓮，往前邊去，卻說道：『……你起來，我送你到前邊去罷！』」

訬，「炒」的「爭辯，喧鬧」義與言有關，又寫作「訬」。表示「吵鬧；煩擾。」《說文·言部》：「訬，訬擾也。」段玉裁注：「《手部》曰：『擾，煩也。』今俗語云炒炒吷者，當作此字。」清桂馥《札樸·鄉里舊聞·鄉言正字·雜言》：「煩擾曰訬。」「訬訬」形容吵鬧不休，明馮惟敏的著作中多見，《傍妝臺·效中麓體》曲之六：「鬧訬訬，甜言美語枉徒勞，再休提空口說空話，虛套弄虛囂。」

吵，「炒」的「爭辯，喧鬧」義與口有關，後又寫作「吵」。吵，本指鳥鳴。《玉篇》卷五：「吵，彌沼切，雉鳴。」後漸取代「炒」表「爭辯，喧鬧」義，從唐沿用至清。

〔5〕《董永變文》：「人生在世審思量，暫時吵鬧有何方？」

〔6〕《清實錄》卷八百六十四《高宗實錄》：「該縣盧璐，平日漫無覺察，咎已難寬，及至該犯等向監生石吉平三次尋釁吵打，業經赴控，又不查拏究處，以致釀成命案。」

綜上所述，語音「chǎo」表示「吵鬧」概念，在字形上經歷了「嘮→訬→

炒（抄）→吵」的歷時演變。其中，「嘈」是否表示「吵鬧」義未見文獻用例。

　　語義演變中的一種主體轉移現象，漢字是音形義的結合體，語音、詞義、字形在組合上有一種趨向「音形義」完美組合的內驅力。一個詞的某個義項發展到一定程度是會嫁接到另一個語音相同或相近，字形更符合該語義的另一個詞身上。如果沒有發現嫁接的對象，就會再造一個相關的字，很多俗字的產生就是這種原因。

　　2. 爭

　　本義爲「爭奪；爭取」。《說文·叐部》：「爭，引也。」段玉裁注：「凡言爭者，皆謂引之使歸於己。」徐灝注箋：「爭之本義爲兩手爭一物。」「兩手相爭」投射到「兩口相爭」就是「辯論；爭論。」《玉篇·叐部》：「爭，訟也。」《正字通·爪部》：「爭，辯也。」該義項從先秦沿用到現代漢語書面語中。

　　　　〔1〕《左傳·昭公六年》：「民知爭端矣，將棄禮而徵於書。」孔穎達疏：「端謂本頁。僅鑄鼎示民，則民知爭罪之本在於刑書矣。」

　　　　〔2〕魯迅《準風月談·「中國文壇的悲觀」》：「再近些，則有《民報》和《新民叢報》之爭，《心青年》派和某某派之爭，也都非常猛烈。」

　　3. 鬧

　　《集韻》：「鬧，擾也。」《慧琳音義》「憒鬧」條云：「上音會。《說文》：『憒，亂也。下拏效反。俗字也。正體從市從人作夬。』《集訓》云：『人處市則誼曰夬。會意字也。』」由上可知，「鬧」是後出新詞，俗作「夬」，後作「鬧」，有「喧嘩，擾亂」義，亦可指人與人之間「爭吵；吵鬧」，該義項從唐代沿用至現代漢語中。

　　　　〔1〕韓愈《潭州泊船呈諸公》：「夜寒眠半覺，鼓笛鬧嘈嘈。」

　　　　〔2〕峻青《血衣》二：「立時，家家門窗響，戶戶鍋碗碎，雞飛狗跳，鬧翻了天……」

　　4. 鬨

　　《說文·鬥部》「鬥也。」《廣雅·釋言》：「戰鬥也。」「鬨」後寫作「哄」，第一批異體字整理表把「鬨」作爲「哄」的異體字，「哄」遂兼表「鬨」的詞義，由「相鬥」引申指動作產生的結果，有「擾亂」義。《宣和遺事》前集：

「宋江三十六人鬭州刼縣，方臘十三寇放火殺人。」亦引申戰鬥動作發生時伴隨的狀態，表「喧鬧」義。《集韻·送韻》：「鬨，鬥聲。」該義項從宋沿用到現代漢語，後寫成「哄」。

〔1〕（宋）趙希鵠《洞天清祿集·古鐘鼎彝器辨》：「然古銅聲微而清，新銅聲濁而鬨，不能逃識者之鑒。」

〔2〕《上海小刀會起義史料彙編·上海小刀會起事本末》：「癸丑三年秋八月丁丑（初五日）浙、閩、廣七黨之人亂上海，哄縣署，戕縣令，刼道庫，毀海關。」

5. 聒

喧嘩；嘈雜。《蒼頡篇》：「聒，擾亂耳孔也。」《說文》：「讙語也。從耳昏聲。」讙，喧嘩。《說文·言部》：「讙，譁也。」《玉篇·言部》：「讙，讙囂之聲。」《篇海類篇·人事類·言部》：「讙，眾聲也。」《慧琳音義》：「讙上音萱。《說文》正作讙，從言雚聲。雚音貫。傳文從宣作誼，或從口作喧，並俗字也。下寧教反。《說文》：從人從市。會意字也。傳文作鬧，俗字也。」由此可知，「讙」乃「喧」之正字。《廣韻·末韻》：「聒，聲擾。」

〔1〕《荀子·儒效》：「此君義信乎人矣，通於四海，則天下應之如讙。」楊倞注：「讙，喧也。言聲齊應之也。」邵瑛群經正字：「今經典多作聒……正字當作聒」

〔2〕鄭伯奇《最初之課》：「此時熱鬧極了，話聲、笑聲、腳步聲把耳朵差不多會聒聾。」

6. 噪

本指「蟲鳥喧叫」。《集韻·號韻》：「喿，《說文》：『鳥羣鳴也。從品在木上。』或從口。」投射指稱其他事物（包括人）的喧鬧。該義項原本用「譟」，《說文·言部》：「擾也。」《一切經音義》卷二十引作「擾耳也」，卷二十二引作「擾耳孔也」。「譟」與「噪」在文獻中多混用，指是成群的人呼喊。《一切經音義·二二》：「群呼煩擾也。」該義項從六朝沿用至現代漢語中。

〔1〕《左傳·哀公十七年》：「衛侯夢於北宮，見人登昆吾之觀，被髮北面而譟。」杜預注：「此人北面向君而叫譟也。」

〔2〕（隋）薛道衡《奉和月夜聽軍樂應詔》：「笳聲喧隴水，鼓曲噪漁

陽。」

〔3〕茅盾《林家鋪子》六：「員警們卻還站著，只用嘴威嚇。陳老七背後的閑人們大噪起來。」

7. 喧

聲音大而嘈雜。《玉篇・口部》：「喧，大語也。」喧，從口宣聲，聲符「宣」兼表義。宣有「大」義，古代帝王的大室。《說文・宀部》：「宣，天子宣室也。」段玉裁注：「蓋謂大室。如璧大謂之『瑄』也。」誼指聲音大而嘈雜，因而「喧」的語義特徵指「大聲說話」，近似現代的「嚷」，該義項從先秦沿用至清。

〔1〕《墨子・號令》：「無應而妄喧呼者，斷。」

〔2〕《聊齋誌異・地震》：「之久之，方知地震，各疾趨出。見樓閣房舍，仆而復起；牆傾屋塌之聲，與兒啼女號，喧如鼎沸。」

8. 譁（嘩）

譁，亦作「嘩」，「喧嘩」常連用，「喧」側重於聲音大，「嘩」側重於聲音「雜亂」。從文獻用例來看，「譁」出現的時代較早。《集韻・麻韻》：「讙也。」嘩，《說文》：「喧也」，《一切經音義・四》：「《三蒼》云：言語之譊譊也。」「譁」與「嘩」在歷代文獻中常混用，到現代漢語中則基本上用「嘩」。

〔1〕《書・費誓》：「公曰：嗟！人無譁，聽命！」孔傳：「使無喧譁，欲其靜聽誓命。」

〔2〕魯迅《書信集・致蔣抑卮》：「今此所居……人嘩於前，日射於後。」

9. 嘈

喧鬧，聲音繁雜。《集韻・號韻》：「嘈，喧也。或從言。」該義項從六朝沿用至清。

〔1〕《文選・王延壽〈夢賦〉》：「雞知天曙而奮羽，忽嘈然而自鳴。」

〔2〕《紅樓夢》第六五回：「三個攔著不肯叫走……口裏亂嘈了一回，才放他出去。」

通過對吵鬧概念場成員的歷時考察分析，我們發現場內成員不僅具有語義上的相似性，而且演變軌跡也有不同程度的相似性，如「聒」和「炒（吵）」的詞義發展：

聒，頻繁地稱說；「炒」有反復的翻炒義。（都表現出高頻的語義內涵）

〔1〕《莊子・天下》：「以此周行天下，上說下教，雖天下不取，強聒而不舍也。」

〔2〕《水滸傳》第五八回：「眾人說他的名字，聒得洒家耳朵也聾了，想必其人是個真男子，以致天下聞名。」

〔3〕（北魏）賈思勰《齊民要術・作醬法》：「臨食，細切蔥白，著麻油炒蔥，令熟，以和肉醬。」

〔4〕（唐）劉禹錫《西山蘭若試茶歌》：「自傍芳叢摘鷹觜，斯須炒成滿堂香。」

聒，喧鬧，聲音高響或嘈雜；「炒」有吵鬧義。

〔5〕（漢）王逸《九思・疾世》：「鵁雀列兮譁讙，鵾鵁鳴兮聒餘。」

〔6〕（宋）王安石《和惠思歲二日二絕》之一：「為嫌歸舍兒童聒，故就僧房借榻眠。」

〔7〕（元）鄭光祖《老君堂》第三折：「百萬天兵喊聲炒，自古無今番戰討。」

〔8〕《初刻拍案驚奇》卷二十：「那家庭間每每被這等人炒得十清九濁。」

聒，煩擾；「炒」亦有「煩擾「義（見前文共時材料描寫中用例）。

〔9〕（唐）杜甫《北征》詩：「黽思在賊愁，甘受雜亂聒。」

〔10〕（宋）陸游《老境》詩：「寧將垂老耳，更受世事聒。」

以上分析可歸納為下表：

成員	核心語義	語義分析	語義演變過程	語義演變結果
炒（吵）	反復翻攪（動作性強）	被物（反復）攪和，有「參和、攪和」義	炒→吵 ①隱喻②語義演變中的語義嫁接	「炒（吵）」表動作，關聯的主體為二個或以上
		被人（反復）攪和，有「攪擾，煩擾」義		
		兩個及以上的人相互攪和，有「爭辯，爭炒」義		
謅	後出俗字	《集韻・巧韻》：「謅，聲也或從少」即今「吵鬧」之「吵」也，「言」旁「口」旁意義相通	「熮」是「鬻」的俗字，又別作「炒」「炒」是「鬻」的「鬻乾」義的後出字	偶爾借用作「吵」

鬨	動作＋狀態	人處市則誼曰叓，俗作鬧	《韻集》：叓，狠也。狠，眾也。人多則鬧	二者組合的順序爲：動作＋狀態→炒鬧
「鬭」後寫作「哄」	動作＜狀態	《說文·鬥部》「鬬也」由「相鬥」引申指動作產生的結果，有「擾亂」義亦引申戰鬥動作發生時伴隨的狀態，表「喧鬧」義	轉喻	傾向於表示狀態
聒	動作	《蒼頡篇》：「聒，擾亂耳孔也」	轉喻	語義演變中與「炒（吵）」具有平行性
噪	動作	本指蟲鳥喧叫	隱喻	成群的人呼喊
喧	狀態	《玉篇·口部》：「大語也」	轉喻	聲音繁雜則吵鬧

表「吵鬧」義，較古的詞有「訟」，爭論；喧嚷。而《朱子語類》中的「訟」已經不表示「吵鬧」義，均表示「訴訟；控告。」

根據以上材料分析，我們得出《朱子語類》吵鬧概念場詞彙系統成員歷時層次分析圖。

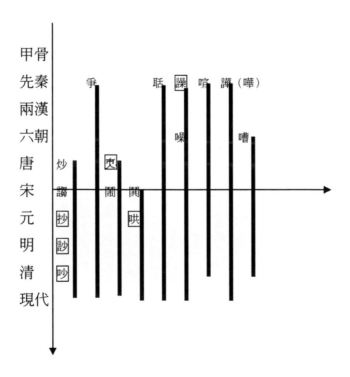

結合上圖，我們可以得出如下結論：

①吵鬧概念場在先秦時期的主要成員有「爭、聒、譟、喧、譁（嘩）」，其

中「喧」沿用至清，「譟」在六朝以後寫成「噪」和其他成員一起沿用至現代漢語書面語中。六朝新增的成員有「嘈」，該成員從六朝沿用至清。

②唐代新增的成員有「炒、叏」，前者在字形上經歷了「炒→謅→抄→訬→吵」的演變，最終定型爲「吵」；「叏」在宋代定型爲「鬧」；「吵、鬧」從唐代沿用至現代漢語中並成爲現代漢語中表示吵鬧概念的常用詞。

③宋代新增的成員有「闐」，元代以後寫成「哄」，用於描述吵鬧的狀態「鬧闐闐」，從宋代沿用至現代漢語。

本章小結

本章討論的五個評價概念場詞彙系統中，基本都是傾向於貶義評價類。貶義和褒義是人類主觀評價體系的兩端，從認知的角度來看，語言中表達貶義評價的概念場詞彙系統似乎比表達褒義的概念場詞彙系統更具特色，這和俄國大文豪列夫・托爾斯泰「幸福的家庭都是相似的，不幸的家庭各有各的不幸」的名言所表達的觀點具有很大的相似性。貶義的評價在其語義傾向中已經融入了人們對表達對象的「貶低和抵制」情緒，因而能夠充分表達人們這種心理的概念場詞彙系統成員就能成爲核心成員。如以上討論的《朱子語類》評價概念場詞彙系統中的阿諛概念場詞彙系統就是一例。客觀地說，趨利是生物的本能，當然也是人性的本能。人類自身在認同并實踐趨利規則的同時卻對常見的趨利行爲表示貶斥，如阿諛概念場詞彙系統中的成員就是這種貶斥評價的產物。總的說來，貶義評價場內場詞彙系統成員獲得相關語義的過程涉及到評價語言的主觀性和社會歷史文化等多方面因素的，以下我們以《朱子語類》阿諛概念場詞彙系統爲例，說明阿諛概念場詞彙系統成員從先秦沿用到清代，爲何在現代漢語中被慣用語「拍馬（屁）」所替代。

「拍馬（屁）」最早出現在清代文獻中，作爲一個慣用語取代了拍馬概念場內的其他成員，沿用至今，在其形成過程中，較多的受到歷史文化因素和生活經驗的影響，主要是元代的「馬文化」緊密相連。

1.「拍馬屁」產生文化背景。

任何慣用語的語源，都與其產生的背景文化有著千絲萬縷的聯繫，文化背景中有待啓動的元素對語源的認定有著潛在的制約性，只有語源中和背景文化

相互印證的元素才能得以確定下來。我們可以據此界定「拍馬屁」的語源。「拍馬屁」這個慣用語出現很晚，但漢民族傳統文化中「拍馬屁」的行爲卻源遠流長，文獻記載也十分豐富，這些都爲「拍馬屁」的形成提供了豐富的文化背景，歷代文獻中我們甚至能找到和「拍、馬、屁」三個字意義照應的史料記載。

首先，不言而喻，「拍馬屁」的概念，有史以來就被看作是不光彩的，甚至是卑鄙下流的行爲。這也許是該慣用語中帶著一個俚俗詞「屁」的原因。而在先秦文獻中，我們也確實能發現一個與此吻合的「舐痔」典故：《莊子‧列禦寇》：「秦王有病召醫，破癰潰痤者得車一乘，舐痔者得車五乘。所治癒下，得車愈多。」後以「舐痔」比喻諂媚附勢的卑劣行爲。句中「舐痔」中的「痔」，指一種常見的肛管疾病。通稱痔瘡。和「拍馬屁」的「屁」有一種文化傳承式的關照。

拍，輕擊；拍打。《釋明‧釋姿容》：「拍，搏也，以手搏其上也。」如果物件是有感知的「動物」則有「親昵」的意味。（後漢）大力、康孟詳譯《修行本起經》卷下：「於是車匿。即行被馬。馬便跳踉。不可得近。還白太子。馬今不可得被。菩薩自往拊拍馬背。而說頌言：在於生死久，騎乘絕於今。騫特送我出，得道不忘汝。」上句中的「拊拍」是肢體語言，和言語傳達出的「騫特送我出，得道不忘汝」的許諾相呼應，在語義上已經有了「親昵，討好」的意味。「拊拍」亦作「撫拍」〔註12〕，且當動作物件是具有優勢地位的生命體，譬如人的時候，「親昵，討好」的行爲就變成獲取利益的一種手段，變成「趨炎附勢」的代名詞，拍的「迎合、諂媚」意義由此形成。如：（南朝劉宋）《後漢書‧文苑傳下‧趙壹》：「佞諂日熾，剛克消亡。舐痔結駟，正色徒行。傴僂名勢，撫拍豪強；偃蹇反俗，立致咎殃；捷懾逐物，日富月昌。」句中的「撫拍」已含有明確的「諂媚」意味。

「屁」賦予了「拍馬屁」貶義的基調。「拍」亦有「諂媚」之義。而關於「馬」本身，亦和「拍馬屁」偶有牽涉，《資治通鑒》卷二十二：「上嘗體不安，及愈，見馬，馬多瘦。上大怒曰：『令以我不復見馬邪？』欲下吏。桀頓首曰：『臣聞聖體不安，日夜憂懼，意誠不在馬。』言未卒，泣數行下。上以爲愛已，由是親近，爲侍中，稍遷至太僕。」上句中上官桀一句「意誠不在

〔註12〕鄭玄注、賈公彥疏《儀禮注疏》卷十二鄉射禮第五：「云『撫，拊之也』者，言撫者，撫拍之義，言拊者，取拊近之理，故轉從拊也。」

馬」，本爲「拍馬屁」之辭，而漢武帝龍顏大悅，「以爲愛己，由是親近」，桀亦得以加官進爵。

2. 「拍馬屁」的語源

據筆者考察，目前關於「拍馬屁」語源代表性的說法主要有①顧頡剛：「中產之家皆畜馬，視爲第二生命。蒙古有『人不出名馬出名』之諺，以得駿馬爲無上榮耀。平日牽馬與人相逢，恒互拍其馬股曰：『好馬！好馬！』蓋馬肥則兩股必隆起，拍其股所以表其欣賞讚歎之意，本無諂媚之嫌。迨相沿既久，在階級社會中，賤人見貴人，貧者見富人，自視力不勝而受辱，則有不擇其馬之良否而姑拍其股者，曰：『大人的好馬。』遂流於奉承趨附之途矣。」〔註 13〕此後，這種「奉承趨附」之行爲即謂之「拍馬屁」。②商務印書館辭書研究中心編的《現代漢語學習詞典》認爲「拍馬屁」的來源有三個：a.元朝蒙古人的習慣，兩人牽馬相遇，要在對方馬屁股上拍一下，表示尊敬；b.蒙古人以得駿馬爲無上榮耀，馬肥則兩股必隆起，故拍其股，以表讚賞之意；c.蒙古族好騎手，遇到烈性馬，輕輕拍拍馬屁股，使馬感到舒服，即乘勢躍身上馬，縱馬而去。③劉瑞明《方言「拍馬屁」詞語家族及研究失誤》一文，以漢語方言爲關注點，探求「拍馬屁」的源流譜系，對其詞義理據進行了全面分析，認爲「拍馬屁」是「配碼脾」的諧音，與某人脾性連接相配。從拍馬的語義發展來看，我們認爲《現代漢語學習詞典》的說法 c 和劉瑞明「與某人脾性連接相配」具有異曲同工之處，而且「拍馬屁」的一個現實的功能就像彭眞說：「拍馬屁股是爲了騎馬，拍你的馬屁，也是爲了騎你。」〔註 14〕所謂「拍馬」就是爲了騎馬。如果「拍馬屁」的方式不「配碼脾」，「拍馬屁」拍到「馬腳上」就會適得其反。韓慶邦《海上花列傳》第二十三回：「自家生活豁脫仔勿做，單去巴結個姚奶奶！陸里曉得姚奶奶覺也勿曾覺著，拍馬屁拍到仔馬腳浪去哉！」

儘管如上所述，漢族傳統文化和蒙古族文化在無意識中爲「拍馬屁」的語彙化提供了一個有待啓動的文化場景，這種看似無絕對聯繫的文化基奠，在「拍馬屁」的意義構建中過程中形成了一種無意識的文化氛圍，加速了其

〔註 13〕顧頡剛《史林雜識》〔M〕北京：中華書局，1963：134。
〔註 14〕傅洋《我的父親彭眞》（妙喻「拍馬屁」）香港文匯報〔N〕2001-5-9。

意義的固化。但「拍馬屁」結構眞正開始語彙化的過程是從元代開始的。

3.「拍馬屁」語義固化的過程

「拍馬屁」的語彙化是以「拍馬」表示「拍馬使前；縱馬」爲語義基礎的。「拍馬」這個結構最初大約出現於元代，指的是實在的「拍馬」。元代統治階級蒙古族被稱爲馬背上的民族，與馬有著不解之緣，在蒙古族的生活和情感領域中無不涉及馬。因而「拍馬」這個結構，從一開始就沉澱了其特定的民族內涵和地域特色。在語義發展過程中經歷了從「拍馬」→「拍人」的演變過程。

〔1〕《大宋宣和遺事》：「亨集天覺分付甄守中：『你且慢用刑，待我入奏官家來。』道罷，拍馬入朝，來見天子。」

〔2〕鄭德輝《虎牢關三戰呂布》第三折：「敵軍拍馬聞風走，永保皇圖顯智謀。」

蓋因元代僅九十七年的統治時間緣故，明代文獻中的「拍馬」依然延續其實在意義。

〔3〕《鴛渚志餘雪窗談異》卷上：「至春波門限，又見一絳袍青面之神，拍馬持槍，從東當路。」

〔4〕《水滸傳》第二回：「陳達也拍馬挺槍來迎史進。」

清代延續使用「拍馬」的本義的同時，開始出現了「拍馬屁」的結構。

〔5〕西湖居士《萬花樓演義》第二十九回：「言罷，拍馬加鞭，趕到山峰。」

〔6〕錢彩《說岳全傳》第十一回：「每人吃了三大杯，然後一齊拍馬往校場而來。」

從元到清的文獻中，「拍馬」在語義上都是表示「拍馬使前」，而根據日常經驗，「拍」的具體部位當是馬的大腿外側靠近臀部的地方，即所謂「髀胿」。

〔7〕《晉書・天文志上》：「古言天者有三家：一曰蓋天，二曰宣夜，三曰渾天……蔡邕所謂《周髀》者，即蓋天之說也。其本庖犧氏立周天曆度，其所傳則周公受於殷高，周人志之，故曰《周髀》。髀，股也；股者，表也。其言天似蓋笠，地法覆槃，天地各中高外下。」

《正字通》：「胿，俗謂髀之近竅者爲髀胿。」而「髀胿」與「屁股」所指

相同。《廣雅疏證》：「股，髀也。凡對文則膝以上爲股，膝以下爲脛。」因此，我們可以認定「髀胅」與「屁股」有語義上的承繼關係，「屁股」是「髀胅」的俚俗說法，亦始見於明代文獻。

〔8〕凌蒙初《二刻拍案驚奇》卷十九：「寄兒淚汪汪的走到草房中，摸摸臀上痛處道：「甚麼九錫九錫，倒打了九下屁股！」

由此，「拍馬」在口語中可以擴展成「拍馬屁股」，加上經常和類似的「攢狗洞、吹牛皮」等慣用語連用，在結構和韻律上的壓模作用，拍馬「屁股」在口語中亦同化成「拍馬屁」，從清代開始一直沿用至今。

〔9〕徐珂《清稗類鈔》34 譏諷類：「婦曰：「方今之世，對於人禽之界限，久已融洽。君謂今之人格，果大異於狗與牛馬乎？則今之攢狗洞、吹牛皮、拍馬屁者，不知凡幾。」

〔10〕李寶嘉《官場現形記》第八回：「他原是最壞不過的，看見陶子堯官派熏天，官腔十足，曉得是歡喜拍馬屁、戴炭簍子的一流人。」

4. 「拍馬屁」語義理解的心理機制

4.1「拍馬屁」的構造性問題

4.1.1「拍馬屁」的結構很靈活，可以插入、加上修飾或補充成分。

〔1〕（清）《九尾龜》：「秋谷聽了微微的笑道：『我倒並不是在這裏拍你的馬屁，委實你的一身功架實在不差。』」

〔2〕（清）《續濟公傳》下：「這時朝臣之中，有那聽見皇太子到來，也趕得來抽香，拍個順便馬屁。」

〔3〕（民國）《漢代宮廷艷史》第二十九回：「竇氏既主中宮，臣下索性拍足馬屁，大家奏請道：『陛下前後四子，均已夭逝，現在皇后冊立，太子亦應豫立。』」

4.1.2 某些成分可以改變「拍馬屁」還可以說成「拍馬尾」〔註15〕。

〔4〕（清）《宦海潮》第廿六回：「那位寡婦又養了一個嗣子，偏不安

〔註15〕（梁）蕭繹《金樓子》卷四・立言篇九下：「苟取成章，貴在悅目，龍首豕足，隨時之義；牛頭馬髀，強相附會。」句中「馬髀」即指「馬尾」，「牛頭馬髀」蓋原指「牛頭馬尾」，最終訛變成「牛頭不對馬嘴」。

本分，就有些是與張海成拍馬尾的，串誘他賭蕩花銷，更誘他把繼母的實業出賣。」

〔5〕（清）《宦海潮》第廿九回：「海成到了這個地方，見著這等風氣，正如『入鄉隨俗』，又有些拍馬尾的人在身邊『打和事鼓』，故此也在『相公』隊裏討生活，就結識菊花部一位相公，喚做小朵。」

4.1.3 語素順序可以改變：馬屁拍在馬腿上去了、馬屁拍錯了、馬屁亦不易拍。

〔6〕《二十年目睹之怪現狀》：「那官兒聽了，方才知道這一下〔馬屁〕拍在馬腿上去了。」

〔7〕（民國）《五代史演義》：「自知形跡孤危，不敢生怨，又因宅眷尚存，出獻逢吉。馬屁拍錯了。」

〔8〕民國《唐史演義》：「言畢，將曉斥退，可見馬屁亦不易拍。」

4.1.4 出現相應的匹配形式：吃 X 馬屁；將 X 馬屁拍上／將 X 拍上馬屁；馬屁被 X 拍著了，民國小說中多見用例。

〔9〕《大清三傑》下：「時爲人，本是很會吃醋拈酸的，獨有對於這位馬班子，倒說吃了她的馬屁，竟會改變平時態度，甚至准許她和她大被同眠。」

〔10〕《大清三傑》中：「那時許懷清正將王履謙的馬屁拍上，不願赴杭就任。

〔11〕《漢代宮廷豔史》：「老上單于果被他拍上馬屁，居然言聽計從起來。

〔12〕《清史演義》：「一面大封功臣，首獎大學士傅恒襄贊有功，再加封一等公。馬屁又被他拍著了。」

5.「拍馬屁」形成機制的類型學驗證

5.1 英語習語：Apple-polish

American Heritage Dictionary of Idioms：Try to win favor through flattery，as in it may help your standing with the boss if you polish the apple. This expression gave rise to the phrase apple polishing. The idiom alludes to the practice of schoolchildren bringing their teacher the gift of a bright，shiny apple. （《美國習語

詞典》釋義爲試圖通過諂媚巴結討人喜歡，因爲拍馬屁有助於你與上司的相處。此表達方式後來變成「apple polishing」。此習語源自小學生帶給老師一個擦得很亮的蘋果作爲禮物的行爲。）本來是爲向老師表示尊敬和感謝，把蘋果送給自己認爲好的老師。可是，有不少學生對有些老師並沒有好感，也效仿其他學生送蘋果，而且把蘋果擦得特別亮，其目的不是向老師致謝，而是爲了討得老師的歡心和關照。Apple polish 也就產生了「拍馬屁」的意思。

「Apple-polish」意義的構建與「蘋果」典型的民族性有關，英語中和蘋果相關的習語很多，如「as Americanas apple pie」指「典型的美國人的性格」。美國人喜歡吃蘋果餡餅（apple pie），也就是我們常說的「蘋果派」。「as Americanas apple pie」這個習語的意思是：就像蘋果派一樣具有美國特色。另外還有「Apple of one'seye」指「極珍貴的人或物」。「apples and oranges」指「風馬牛不相及的事物」。以上與「蘋果」有關的習語都說明「蘋果」在英語國家具有典型的本族文化意義。而當 20 世紀初美國小學生給老師送「擦乾淨的蘋果」這一現象正好迎合了西方「蘋果式」文化特性蘊含的時候，「Apple polish」也就有了融入「蘋果派」的背景，並得以固定下來。成爲英語表達「拍馬屁」一系列詞語中極有生命力和表現力的一員。

5.2 日語貫用型：胡麻をする。

「胡麻をする」是日語「貫用型」，其日語解釋爲：「自分の利益になるようにお世辭を言つたり、期限を取つたりして、相手が気に入るように振舞う」（爲了達到自己的利益，說些阿諛奉承的話，討對方歡心的舉動。）漢語則譯成「拍馬屁」。胡麻即芝麻〔註16〕，「胡麻をする」字面意思是「磨芝麻」，磨的時候很香，討人喜歡。因而「胡麻をする」在日語口語中就由「磨芝麻」引申出「討好人的意思」「例：先生に胡麻をすつて成績を上げてもうおうとしてもだめだ。（想要提高成績而拍老師馬屁，是沒有用的。）

與此相關的說法還有「ごまかす」，亦寫成「誤魔化す」或「胡麻化す」〔註17〕（欺騙，隱瞞，蒙蔽。）

〔註16〕明李時珍《本草綱目・穀一・胡麻》〔集解〕引陶弘景曰：「胡麻，八穀之中，惟此爲良。純黑者名巨勝，巨者大也。本生大宛，故名胡麻。又以莖方者爲巨勝，圓者爲胡麻。」

〔註17〕「誤魔」是文部省規定的當用漢字。

世間の目を誤魔化すことはできても、自分を誤魔化すことはできない。
（騙得過大家，騙不了自己。）

「ごまかす」指掩飾事實、弄虛作假，這個詞來源於江戶時代的糕點名稱。這種糕點名叫「胡麻胴亂」，是一種由小麥粉、芝麻、蜂蜜和好後烤製而成的球狀糕點，外形膨大中間卻是空的。於是只粉飾表面卻沒有內容的事物就成了「ごま菓子」，後來發展爲動詞」ごまかす」）。綜合以上材料分析，我們認爲，「Apple polish、拍馬（屁）、胡麻をする」在句法結構、語義傾向上具有類型學上一致性，均爲動詞支配結構，語義上都指稱「討好（對自己有利的）人」，如下圖所示：

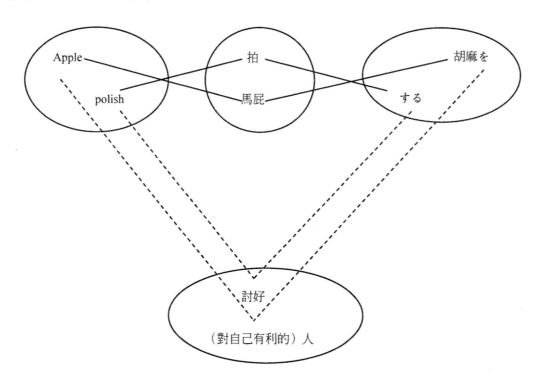

第四章 結 語

一、概念場詞彙系統研究對於詞義演變研究的價值

「概念系統十分豐富，處於開放狀態；而語言系統儘管也十分豐富，但相對來說要有限得多。正因為它們之間存在巨大的落差，那麼，如何通過語言系統來表達概念系統的產品？這些產品如何能在語言中找到表達？」[註1] 要回答這些問題，就不可能回避概念和辭彙的關係問題。所謂「概念是詞的原象」，「詞是概念的個別形象。」[註2] 一個概念在詞彙系統中到底能還原出多少個「個別形象」，則取決於人類文化對這個概念的認識和關照程度。而人類在對概念的認知過程中，客觀性和主觀性同在，思想性和文化性並行，語言中的詞彙對概念的解讀像蘇東坡筆下的廬山：「橫看成嶺側成峰，遠近高低各不同。」應該說，「在中國，文字實際上是語言的一部份」，「字符造就了一個圖像，對概念來說就是其外衣，而對於經常使用這些字元的人，這樣的圖像跟概念就融合了起來。」[註3] 這種說法詮釋了漢語中絕大部分漢字形義相

〔註1〕Fauconnier, G & Turner, M.2002: 277.The Way We Think: Conceptual Blend and the Mind's Hidden Complexities.Basic Books.

〔註2〕（德）威廉・馮・洪堡特著，姚小平譯《論人類語言結構的差異及其對人類精神發展的影響》〔M〕北京：商務印書館，2008：118～119。

〔註3〕（德）威廉・馮・洪堡特著，姚小平譯《論語法形式的通性以及漢語的特性》，《洪

關的現象，投射到漢語詞義演變研究中就形成了從字形分析本義開始的詞義演變研究模式。然而近代漢語白話文獻中有這樣一類記音詞，它們借用一個「音近」的詞去記錄語言中的另一個詞，取其音而達其義，與「假借」相區別是這類詞的本體義與其記錄的那個詞具有客觀存在或人們主觀臆想的聯繫，如表「騙」義的「脫、賺」分別爲「詑、詀正（謙俗）」的記音詞。「脫」本體義中的「失去、避開」意象、「賺」本體義中的「獲得」意象均和欺騙概念有著特定的聯繫，最終，「詑、詀正（謙俗）」的「騙」義被整合進入記音詞「脫、賺」的本體義域，「脫、賺」在本體義域的基礎上獲得了「騙」的新創義。本文即以「脫、賺」之「騙」義爲例來探討這種既有共性又有個性的詞義演變現象。

1.「脫、賺」之「欺騙」義的出現時代及其使用情況分析

「脫、賺」的「欺騙」義最早出現在唐代白話文獻中，歷代沿用，至今仍保留在現代漢語方言中。

1.1 脫

1.1.1「脫」可以單獨或組合表示「騙」義，組合表達有「下脫、脫取、脫騙、騙脫」等。

〔1〕（唐）段成式《酉陽雜俎》前集卷十七廣動植之二，鱗介篇：「烏賊，……遇大魚，輒放墨，方數尺，以混其身。江東人或取墨書契，以脫人財物。」

〔2〕《伍子胥變文》：「平王無道，乃用賊臣之言，囚禁父身，擬將誅剪。見我兄弟在外，慮恐在後讎宛（怨），詐作慈父之書，遠道妄相下脫。」

〔3〕《朱子語類》卷一百零一：「（蔡）京曰：『不然。覺得目前儘是面諛脫取官職去底人，恐山林間有人才，欲得知。』」

〔4〕（明）凌蒙初《初刻拍案驚奇》卷十七：「好巧言的賊道，到（倒）會脫騙人！」

〔5〕（清）李漁《十二樓》第三回：「貝去戎見了這些光景，不勝淒惻，就把幾句巧話騙脫了身子，備下許多禮物，竟去拜訪蘇一娘。」

堡特語言哲學文集》〔C〕長沙：湖南教育出版社，2001：171，170。

1.1.2 表示「騙」義的「脫」在文獻中亦寫成「啜」，組合表達有「啜賺、賺啜啜誘、啜哄、啜人賊、啜持」等。

〔6〕（宋）宋慈《宋提刑洗冤集錄・降頒新例・檢驗法式》：「州縣司吏，通行捏合虛套元告詞，因啜賺元告絕詞文狀。」

〔7〕（明）湯式《一枝花・春思》套曲：「不是我怪膽兒年來太薄劣，將枕邊廂話兒說，把被窩兒裏賺啜，都寫做殷勤問安帖。」

〔8〕《元典章・刑部》卷十九禁局騙：「糾合倪德輝等，虛以買田為由，啜誘李慧光將銅錢搭龜，用局騙手法，贏訖本人至元鈔三定二十七兩。將姚青等各決八十七下。」

〔9〕（元）馬致遠《青衫淚》第二折：「自從白侍郎別後，盡著老虔婆百般啜哄，我再不肯接客求食。」

〔10〕（明）朱有燉《香囊怨》第一折：「虔婆每千斤碜敲得你天靈碎，油頭粉面都是些啜人賊。

〔11〕《警世通言・萬秀娘仇報山亭兒》：「這大官人道：『物事都分了，萬秀娘卻是我要，待把來做個紮寨夫人。』當下只留這萬秀娘在焦吉莊上。萬秀娘離不得是把個甜言美語，啜持過來。」

1.1.3 表示「騙」義的「脫」仍保留在現代漢語方言中，又作「乇」[tsʻo²¹]。

脫，在贛語中表示不受信用，假許諾。江西南昌[tʻo⁵]，不要脫我。閩語中「脫子」表騙子（福建建陽、建甌）。〔註4〕脫空祖師，江淮官話（江蘇南通）。指騙取別人錢財的人。孫錦標《南通方言疏證・釋品類》：「今俗以誑騙人財者，謂之脫空祖師。」〔註5〕表「欺騙」義的「脫」在方言中亦寫成「乇」[tsʻo²¹]，今湖南長沙方言中表示哄騙義。如：他乇你的、真的有人找你，我不得乇你囉。彭國泉《抓「駱駝」》：「今天他不會安好心，定是想乇這對雞婆。」又如：乇白，表示撒謊。士伊《跟蹤》：「陳秀英見他當面乇白，更來火。」乇貴，指欺騙那些缺乏經驗見識的人。乇巴子，指騙子。乇騙犯指詐騙犯。〔註6〕蔣禮鴻先生提到：「現在湖南方言裏有『[tsʻo]白剪絡，』和『哄吃[tsʻo]騙』的話，『[tsʻo]騙』

〔註4〕許寶華、宮田一郎《漢語方言大詞典》〔M〕北京：中華書局 1999：5679。

〔註5〕許寶華、宮田一郎《漢語方言大詞典》〔M〕北京：中華書局 1999：5683。

〔註6〕許寶華、宮田一郎《漢語方言大詞典》〔M〕北京：中華書局 1999：2765。

或者就是『脫騙』，葉克說。俞忠鑫說湖南方言『[ts'o]騙』一詞俗作『乇騙』。曾見當地法院佈告，有『判處乇騙犯某某有期徒刑若干年』云云。今口語中又有[ts'o]字單用者，讀陽平聲，如乇錢、乇飯吃等是。」〔註7〕其中「[ts'o]白」在現代漢語方言中寫成「拆白」，《現代漢語詞典》釋爲〈方〉（流氓）騙取財物：～黨（騙取財物的流氓集團或壞分子）。

〔12〕老舍《趙子曰》第十：「後來我遇見了一個奉軍軍官……於是他逼著我——用手槍逼我去拆白。」

〔13〕《新青年》第五卷二號（南歸雜話）：「『下等人』沒有職業。所以要做賊，做強盜，做流氓，做『拆白黨』」。

以上分析說明，表示「騙」義的「脫」是個記音詞，字形還可以寫成「啜、乇、拆」。根據我們檢索的文獻用例來看，四者都可以單獨或組合表示「騙」義，它們在文獻中出現的頻率高低和時代順序可以大體描述爲「脫〉啜〉拆〉乇」。

1.2 賺

1.2.1「賺」可以單獨或組合表示「騙」義，組合有「閃賺、賺誘、賺騙」等。

〔14〕《全唐詩》卷八七二載《朝士戲任毅》詩：「從此見山須合眼，被山相賺已多時。」

〔15〕（元）無名氏《凍蘇秦》第二折：「則俺那一般兒求仕的諸相識，他每都閃賺的我難回避。」

〔16〕（明）《禪眞逸史》第二五回：「賺誘我家公子飲酒嫖耍，被彼引入賭場。」

〔17〕（清）《紅樓夢》第五十八回：「且他們無知，或賺騙無節，或呈告無據，或舉薦無因，種種不善，在在生事，也難備述。」

1.2.2 表示「騙」義的「賺」仍保留在現代漢語方言中

「賺」在現代漢語方言中表「欺騙、哄騙」義。①北京官話。我讓他給賺了。②冀魯官話。天津。馮驥才《陰陽八卦》第一回：「這話經不住問，一問就瘟，誰當眞誰挨賺。」③中原官話。江蘇徐州。小李兒老實，叫那人賺

〔註7〕蔣禮鴻《敦煌變文字義通釋》〔M〕上海：上海古籍出版社，1997：185。

了。山西臨汾，賺人精指騙子手。〔註8〕④江淮官話。江蘇淮陰。賺人，指欺騙、愚弄人。⑤冀魯官話。河北保定「賺乎人」指哄騙人。從以上「賺」在現代漢語方言中的使用的情況來看，「賺」的字形在不同的方言區均保持一致，而且分佈的方言區比「脫」更廣。《現代漢語詞典》中「脫」字條下未收「欺騙」義。「賺」[tsuan⁵¹]，釋義爲：〈方〉騙（人），與表「獲得利潤」義的「賺」[tʂuan⁵¹]相區別。

1.3 「脫」與「賺」在詞義發展上具有同步性，主要表現爲組合上的可替換性。如：「脫賺／賺脫；賺哄／脫哄；脫漏／賺漏」等。

〔18〕（宋）王明清《揮麈後錄》卷三：「又況數年間行鹽鈔法，朝行夕改，昔是今非，以此脫賺客旅財物。」

〔19〕（宋）趙彥衛《雲麓漫鈔》卷六：「太宗開國之文君，不應賺脫一僧而取玩好。」

〔20〕《水滸傳》第三四回：「昨夜引人馬來打城子，把許多好百姓殺了，又把許多房屋燒了；今日兀自又來賺哄城門。」

〔21〕（明）凌濛初《初刻拍案驚奇》卷六：「縱然灌得他一杯兩盞，易得醉，易得醒，也脫哄他不得。」

〔22〕（宋）周密《武林舊事》卷六「遊手」：「浩穰之區，人物盛夥，遊手奸黠，實繁有徒。有所謂……水功德局：以求官、覓舉、恩澤、遷轉、訟事、交易等爲名，假借聲勢，脫漏錢財。」

〔23〕《水滸傳》第三八回：「他卻幾時有一錠大銀解了？兄長吃他賺漏了這個銀去。」

綜上所述，「脫、賺」之「騙」義在出現時代（唐）、出現場合（白話文獻、方言）、語義表達上（可替換）具有高度的一致性，而「語言現有的形態系統是歷史的產物，不同歷史時期留下的形態形式共存於一個系統中。」〔註9〕從「脫、賺」在近代漢語白話文獻和現代漢語方言中使用的情況的一致性中，我們可以推論，「脫、賺」之「騙」義的產生過程應該是一個緊密聯繫、相互促進的演化過程。

〔註8〕許寶華、宮田一郎《漢語方言大詞典》〔M〕北京：中華書局 1999：6822。

〔註9〕吳安其《歷史語言學》〔M〕上海：上海教育出版社，2006：68。

2.「脫、賺」之「欺騙」義演化的動因：記音

2.1「脫」爲「詑（訑）」的記音字。

「詑」本義爲「欺騙」。《說文‧言部》：「詑，沇州謂欺曰詑。從言它聲。托何切。」詑，《集韻‧智韻》：「或作訑。」「詑，訑」兩種寫法並存於歷代文獻中。

〔24〕《戰國策‧燕策一》：「寡人甚不喜訑者言也。」鮑彪注：「沇州謂『欺』曰訑。」

〔25〕《楚辭‧九章‧惜往日》：「或忠信而死節兮，或訑謾而不疑。」洪興祖補注：「訑、謾，皆欺也。」

〔26〕《西京雜記》卷四：「〔古生〕善訑謾。」

〔27〕（宋）沈遘《五言蓬萊山送徐仲微赴蓬萊令》：「胡然古荒王，甘心事欺詑。」

〔28〕章炳麟《訄書‧哀清史》：「曩者獨有鹽、漕、河三政，詑謾泰甚。」

據《玄應音義》卷四「匪訑」條云：「湯和、大可二反。《說文》：兗州謂欺曰訑。訑，不信也。」《慧琳音義》卷二十七「差脫」條云：「下徒活反，又吐活反。」從以上所列「脫」與「詑」的反切來看，二者在唐代的讀音是相近的。即表「欺騙」義的「詑，訑」在唐代文獻中用音近字「脫」表示。

2.2「賺」爲「賺正（謙俗）」的記音字。

賺，本字作「賺」，徐鉉《說文新附‧貝部》：「賺，重買也，錯也。從貝，廉聲。」鄭珍新附考：「知同謹按：買當做賣……重賣者，賣物得價錢倍於常值。重讀如字，猶買物出多資謂之重資重價，今人猶謂市利多得爲賺錢，南北皆有此語。俗間通用賺爲之。」《龍龕手鑒‧貝部》：「賺，俗；賺，正。」《集韻‧陷韻》：「賺，市物失實。」《正字通‧貝部》：「賺，重買也。《說文》本作賺。」〔註10〕明焦竑《俗書刊物‧俗用雜字》：「賤買貴賣曰賺。」

據《說文新附》可知賺，從貝，廉聲。又據《龍龕手鑒‧貝部》：「賺」爲「賺」之俗體，可知，「賺」本作賺，讀廉聲。俗體寫成「賺」後便從「兼」音讀爲[tʂuan⁵¹]騙或[tʂuan⁵¹]賺錢。「賺」本寫成賺時與「謙」音同，謙義爲「言

〔註10〕筆者查閱今傳本《說文》未見賺字。

不正」，「賺」從「兼」音後，「謙」亦有俗音[tʂan⁵¹]，此音後對應字形「詀」。
《廣韻・陷韻》：「詀，被誑。謙，俗。」以上分析可以簡要表述爲：

「謙」的字形也寫成和符合讀音的形聲字「詀」，表示「被誑」義。「謙」
則作爲俗體字存在。「賺」初爲「詀正（謙俗）」的記音字，表示「被誑（被欺
騙，失去）」。後受「賺」本體「獲得」義的影響表示「欺騙」，在文獻中廣泛
使用，明代字書已收錄該義，《正字通・貝部》：「賺，俗謂相欺誑曰賺。」而
「欺」在近代漢語中有「勝過、超過」義，《朱子語類》：「正淳云：『欲將諸
書循環看。』曰：『不可如此，須看得一書徹了，方再看一書。若雜然並進，
卻反爲所困。如射弓，有五斗力，且用四斗弓，便可拽滿，己力欺得他過。
今舉者不忖自己力量去觀書，恐自家照管他不過。』」（1，10，166，）這種
用法至今仍保留在現代日語中。如：花を欺くような器量でるあ。（意爲有羞
花之貌，即比花還漂亮的意思。）〔註11〕「欺」的上述用法和「賺」的「賣物
得價錢倍於常值」的本義有著十分契合的關聯，這一現象也在一定程度上證
實了詞義演變與人類認知過程中的概念整合有著千絲萬縷的聯繫。

3.「脫、賺」之「欺騙」義演化的機制：概念整合。

「概念整合理論是探索意義構建資訊整合的理論框架。」〔註12〕該理論對
意義生成過程中客觀世界和心智世界的互動、語言形式與意義的關係及其相
關的語言現象都有很好的解釋力。任何表達形式的意義在靜止的狀態下都是
以「原型」（Prototype）的形式存在，進入動態的具體語境中才會啓動與之相
關的多種語義。這些相關的語義都是以特定的框架形式存在的，這個框架是
詞義演變的前提，概念整合是詞義演變的機制，新創結構產生的新創意義是
詞義演變的結果。概念整合的過程可以將眞實的、虛構的、甚至臆想的東西
概念化，使得認知語言學隱喻和轉喻理論不能充分解釋的漢語特殊詞義演變

〔註11〕「欺」的「勝過、超過」義及其用例參考蔣冀騁《近代漢語詞彙研究》，1991：205。

〔註12〕Fauconnier, Gilles & Turner, Mark. 1998, Conceptual Integration Networks〔J〕
　　　　Cognitive Science: 22, 133-187。

現象得到更合理的解釋。

3.1「脫、賺」的概念框架與心智空間

概念框架（conceptual frame）指「概念系統中的一個具有一定啓動連通權值的局部性關係網絡」〔註13〕語言可以反映並啓動相關的框架。「語言中的每一個詞都表徵經驗的一個範疇。一個語詞可啓動一個框架，並突顯框架中和語詞直接關聯的某些方面或成分。被具體語詞啓動的框架是理解該詞語的必需知識結構。」〔註14〕「心智空間（Mental Space）是人們在進行思考、交談時爲了達到局部理解和行動之目的而構建的概念包（conceptual package）」人的心智空間是由概念框架組織起來的，框架是一種認知的組織行爲，每個心智空間都是相關成員和成員關係框架。「脫、賺」的概念框架與心智空間涉及到「欺騙」事件，其概念框架內成員包括：騙子、被騙者；騙子在物質或精神上獲得、受騙者在物質或精神上失去等。框架本身並不是可以直接感知的具體事物，而是概念的體驗性存在於人的記憶心智中的表現，如詞語「騙」可以有選擇性地啓動上述「欺騙」事件的概念框架中特定成員。那麼「脫、賺」是如何啓動相關的概念框架呢？

「脫」本義爲「消瘦」。《說文》：「消肉臞也。」段玉裁注：「消肉之臞，臞之甚也。今俗語謂瘦太甚者曰脫行，言其形象如解蛻也。」從段注可知，「脫」本義指人因爲「失去」脂肪而「消瘦」，可泛指歷代文獻中可指廣義的「脫漏；散落；失去」義，從先秦沿用到現代漢語中。

〔29〕《史記・伍子胥列傳》：「楚之召我兄弟，非欲以生我父也，恐有脫者後生患，故以父爲質，詐詔二子。」

〔30〕《漢書・藝文志》：「迄孝武世，書缺簡脫，禮壞樂崩。」

〔31〕（宋）洪邁《容齋續筆・書易脫誤》：「今世所存者，獨孔氏古文，故不見二篇脫處。」

〔32〕（金）王若虛《論語辨惑四》：「疑是兩章，而脫其『子曰』字。」

〔33〕（清）李漁《奈何天・逼嫁》：「怎麼做成的親事，到手的媒錢，難道被這幾句刁話，就弄脫了不成！」

〔34〕李劼人《大波》第一部第六章：「你的差事該不會脫罷？」

〔註13〕程琪龍《概念框架和認知》〔M〕上海：上海外語教育出版社，2006：97。

〔註14〕程琪龍《概念框架和認知》〔M〕上海：上海外語教育出版社，2006：93。

可以說，「失去」義是「脫」的一個基本義項。當「白話文獻中表『欺騙』義的詞更多的和同時表示『失去、避開』義的詞融爲一體」這一認知經驗被人們作爲背景知識存放於心智空間，就會在概念整合過程中被啓動。

賺，其本字爲「賺」，《故訓匯纂》亦只收「賺」，「賺」作爲「賺」的俗體大約出現於唐代，《龍龕手鑒・貝部》：「賺，俗；賺，正。」原指「賤買貴賣」的行爲，其行爲的目的是爲了「獲得利潤」，意義抽象後指包括「獲利」在內的廣義的「獲得（益處）」。

〔35〕（唐）來鵠《偶題》詩之一：「一夜綠荷霜翦破，賺他秋雨不成珠。」

〔36〕（元）劉敏中《鳳凰臺上憶吹簫》詞：「西州客，心邊賺得，一味春偏。」

〔37〕《二十年目睹之怪現狀》二九回：「人家老遠帶來的，多少總要叫他賺點。」

〔38〕秦牧《藝海拾貝・幻想的彩翼》：「《牡丹亭》的故事曾經那麼風靡一時，賺了不少人的熱淚。」

從唐到現代漢語中，「獲得（益處）」是「賺」在文獻用例中的基本義項，同時「賺得」和「賺騙」具有語義的重合性，只有在具體語境中才能加以區分。如：「賺得、賺殺（煞）、賺錢」等中的「賺」均可以在具體的語境中分別還原出「賺得」和「賺騙」的不同語義。

〔38〕《西遊記》第十一回：「〔相良〕同妻張氏，在門首販賣烏盆瓦器營生，但賺得些錢兒，只以盤纏爲足。」（賺得：獲得。）

〔38〕《西遊記》第三十三回：「二魔道：『也不消幾年。我看見那唐僧，只可善圖，不可惡取。若要倚勢拿他，聞也不得一聞，只可以善去感他，賺得他心與我心相合，卻就善中取計，可以圖之。』」（賺得：騙取。）

〔38〕（清）顧祿《桐橋倚棹錄・堤塘》：「顧我樂詩：『十笏朱提一曲歌，當筵賺煞眾青娥。』」（賺煞：贏得，博得。）

〔38〕（清）宋起鳳《稗說・鐵老鴉廟》：「童父大驚，知子被賺殺。」（賺煞：誑騙殺害。）

〔38〕《官場現形記》第七回：「內如榨油造紙，成本不多，至於賺錢，卻是拿得穩的。」（賺錢：獲取利潤；掙得錢財。）

〔38〕《官場現形記》第二回：「頭裏賀根聽見錢舅老爺說他偷懶，已經滿肚皮不願意；後來又說他賺錢，又罵他混帳，他卻忍不住了。」（賺錢：騙錢。）

以上分析可知，「脫、賺」這兩個詞可以分別啓動「失去」和「得到」兩個概念框架，而人們在「欺騙」事件的心智空間中意想到的正是「受騙」者的「失去」和施騙者的「得到」，以上「賺得」和「賺騙」具有語義的重合性，也正好說明了這一點。即「脫、賺」這兩個詞形成了「欺騙」事件的表徵空間，而音近的關係使之與所指空間「詑、詀正（謙俗）」連通，至此，「脫、賺」與「詑、詀正（謙俗）」進入了概念整合模型。

3.2 「脫、賺」產生「騙」義的整合過程

「概念整合的本質是關係的整合，因爲資訊輸入空間與空間之間的連通靠的是關係，而且關係是必不可少的，關係將空間與空間連通起來才形成了認知網路。」〔註15〕「脫」的原有語義中表示「失去」的部分與表「欺騙」義的「詑」整合。我們把演變前的稱爲「脫」，演變後的稱爲「脫騙」。而根據常識，受騙的一方總會有一些精神上或物質上的「失去」，在「脫騙」的概念整合模式中，表徵空間 I 「脫」的「[tʻuo]」音、「失去」義分別與所指空間 II 「詑」的「[tʻuo]」音、「騙顯性」義／「失去隱性」義有跨空間映射（cross-space mapping），產生了「音近義通」的共容空間（該空間反映了兩輸入空間共用的抽象結構與組織），另一方面兩輸入空間部分投射至合成空間（blend），具體描述爲：「脫」框架中的成員「失去」，被投射到「詑」的概念框架中，啓動了「詑」的「失去隱性」義，「詑」因「音近義同」的相似關係被壓縮進「脫」，在「詑」與「脫」兩個空間相似關係將「脫」形與「詑」的「騙」義壓縮進入意義合成空間就成了「脫騙」。從人類的認知習慣來看，在「欺騙」事件中，與「賺」相比，「脫」所承載的受騙方的「失去」意象是更受關注的因素，我們發現與「脫」的「失去」義具有共同義域的「漏」、與「脫」的「避開」義具有共同義域的「閃」在演變過程中都產生了「騙」義。

〔註15〕王正元《概念整合理論及其應用研究》〔M〕北京：高等教育出版社，2010。

〔45〕（北魏）般若流支譯《正法念處經》卷三九：「如是婦人身，故來生此中，閃誑曲不直。」

〔46〕（元）無名氏《凍蘇秦》第二折：「則俺那一般兒求仕的諸相識，他每都閃賺的我難回避。」

〔47〕《水滸傳》第七九回：「呼延灼道：『我漏你到這裏，正要活捉你。你性命只在頃刻！』」

〔48〕《古今小說・新橋市韓五賣春情》：「卻恨吳偶然撞在他手裏，圈套都安排停當，漏將入來，不由你不落水。」

　　以上文獻用例證實了在人們的心智空間中，「欺騙」事件與「失去、避開」的意象具有某種特定的聯繫。而「閃、漏」的「騙」義均沿用到現代漢語方言中。閃門計，〈名〉騙人的伎倆。晉語（山西忻州）：「一個閃門計就把他哄出來嗎。」歐陽山《三家巷》四十：「她原來是炳哥的嫂嫂，如今卻當了你的嫂嫂，這不是閃了周家？不是欺了周家？不是騙了周家？」〔註16〕漏，哄騙，引誘；賺取。《漢語方言大詞典》①冀魯官話（山東）引《水滸傳》用例，②粵語。廣東廣州[lɐu⁵⁵]漏檔唔值錢（到處兜售引誘人買東西，賣不到好價錢。）③閩語。廣東汕頭[lau⁵⁵]。漏囝，騙子。漏食騙甫，〈熟〉以詐騙爲生計。伊在許口漏食騙甫，唔訓轉來只內（他在外面騙吃騙喝，沒回過家）。〔註17〕《漢語方言大詞典》中「漏」列爲山東方言，未引現代漢語方言的用例，而筆者查閱現代山東方言著作如《章丘方言志》、《沂南方言志》、《汶上方言志》、《萊州方言志》、《郯城方言志》、《林沂方言志》〔註18〕均未見「漏」表「哄騙」義的信息，而據《汶上方言志》和《漢語方言大詞典》，現代山東方言中表「哄騙」義的詞寫作「攏」，宋恩泉《汶上方言志》有「攏[luŋ⁵⁵]」表示「哄騙」：「別聽他哩話，他攏人。」中原官話（山東費縣）[˚luŋ]攏人。山東曲阜：你

〔註16〕 許寶華、宮田一郎《漢語方言大詞典》〔M〕北京：中華書局 1999：1453。

〔註17〕 許寶華、宮田一郎《漢語方言大詞典》〔M〕北京：中華書局 1999：6934。

〔註18〕 高曉虹《章丘方言志》〔M〕齊魯書社，2011；邵燕梅、劉長鋒、邵明武、錢曾怡《沂南方言志》〔M〕齊魯書社，2010；宋恩泉，《汶上方言志》〔M〕齊魯書社，2005；錢曾怡、太田齋、陳洪昕、楊秋澤齊《萊州方言志》〔M〕齊魯書社，2005；邵燕梅《郯城方言志》〔M〕齊魯書社，2005；馬靜、吳永煥《林沂方言志》〔M〕齊魯書社，2003。

攏不了我。〔註19〕據此，我們可以推斷「攏」是「漏」的音變字。在近代文獻中，「攏」亦寫成「籠」，脫籠，指「虛詐欺騙」，與「脫漏」義同。

〔49〕（宋）周煇《清波雜志》卷六：「有一士，令人持馬銜，每至一門，撼數聲，而留刺字以表到。有知其誣者，出視之。僕云，適已脫籠矣……脫籠亦爲京都虛詐閃賺之諺語。」

「脫、閃、漏」及其音變詞「籠，攏」在歷代文獻或現代漢語方言中都出現「騙」義用例的現象在很大程度上說明「脫」本體詞義中隱含著的「失去、避開」義項在「脫」之「騙」義的整合過程中作爲連通兩個輸入空間的特定「關係」具有舉足輕重的作用，「脫、漏、閃」與「詑」四者概念整合過程如圖一所示。

「脫、閃、漏」及其音變詞「籠，攏」在歷代文獻或現代漢語方言中都出現「騙」義的用例，這在很大程度上說明「脫」本體詞義中隱含著的「失去、避開」義項在「脫」之「騙」義的整合過程中作爲連通兩個輸入空間的特定「關係」具有舉足輕重的作用，「脫、漏、閃」與「詑」四者概念整合過程如圖一：

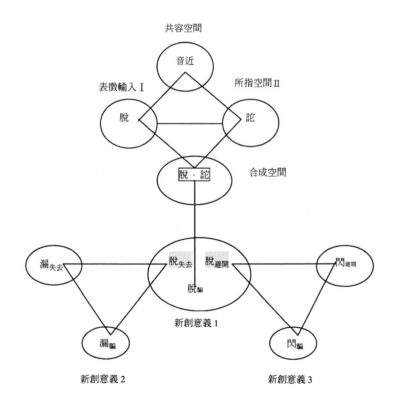

〔註19〕許寶華、宮田一郎《漢語方言大詞典》〔M〕北京：中華書局 1999：3201。

同樣，我們可以類推分析出「賺」獲得「騙」義的整合過程，如圖二所示。

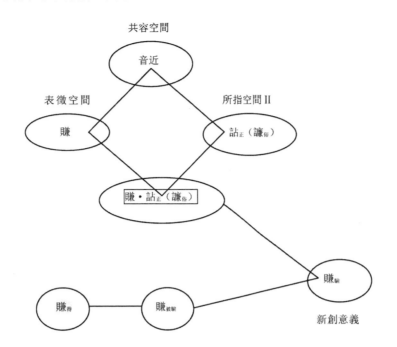

綜上所述，「脫、賺」之「欺騙」義演變的動因與機制是記音與概念整合。「記音」是演變的前提，整合是演變的關鍵。它們的本體義域中的特定義項與它們所記音的物件具有現實的或人們臆想中的聯繫，如「脫」本身具有的「失去、避開」義與「受騙」者物質或精神的「失去」意象在人們的心智空間中具有潛在的呼應性，包括古山東方言中的「漏」，現代漢語方言中的「攏」都是「脫」的「失去、避開」義項的延伸。「賺」本身具有的「獲得」義與「施騙」者物質或精神的「獲得」意象具有心智上的一致性，而以上所有的資訊都是通過概念整合的模型才得以完成。「脫、賺」同義連用組成的並列複合詞「脫賺」的「騙取；欺騙」義的產生是以上整合過程的進一步完善。「脫賺」在語義上的「雙向」性也正好符合人對「欺騙」概念的認知心理，人們對「欺騙」的理想認知模式（ICM）是：「A 欺騙 B」，其中一定是施騙方 A 使用某種不正當的手段使受騙方 B 失去某種東西（精神或物質上的）受騙方 B 的「脫」恰恰是施騙方 A 的「賺」。概念整合的過程是將眞實的東西（如「詑」與「脫」音近）、虛構的東西（「詑」的詞義融合進入與之音近的「脫」字形）、經驗的東西（被騙者「失」，施騙者「得」）概念化。整合模型中可以產生推理，推理導致了概念變化，「詑」表示的概念意義經過概念整合產生了新創結構「脫欺」，獲得新創意義「欺騙」。「賺」亦具有相似的概念整合路徑，這是一種因

語音相近（相同）、語義相關和概念整合多重因素而導致的詞義演變模式。「脫、賺」的「騙」義演化現象只是眾多類似演變模式中的一列，我們相信隨著研究的深入一定會揭示更多與此相類的演變現象。應加強對近代漢語中此類詞義演變的探討，以促進漢語詞義演變研究思路和模式的進一步拓展。

二、概念場詞彙系統研究對於概念維度詮釋的意義

概念是反映物件本質屬性的思維形式。任何一個概念都有兩個基本的邏輯特徵，即內涵和外延。內涵是反映在概念中的物件的本質屬性。外延是指反映在概念中的具有相應本質屬性的全部物件。概念的維度指我們能夠在多大程度和可能範圍列舉內涵的屬性。如「人」可以進行了三維（性別、年齡、身高）的屬性列舉〔註20〕。屬性是反映在概念中的物件所具有的各種性質和關係的總和。屬性的具體取值稱為屬性值，用來描述具體的物件。如人按照性別屬性劃分為男人和女人，性別屬性值為男人或女人，取值數量為 2。這些屬性形成了概念的知識範疇，包括著和這個概念相關的投射物，表現在概念和詞彙的關係上則為同一個概念可以由幾個不同的語詞來表達，即概念的多維度與概念場詞彙系統成員的歷時演變與共時層次有著密不可分的關係，下面以《朱子語類》中存在的語言現象予以說明。

1. 主客區分性：一目瞭然、八字打開、一揭開板便曉。

   〔1〕曰：「見得道理透後，從高視下，一目瞭然。今要去揣摩，不得。」（8，137，3267）

   〔2〕聖賢之言，分分曉曉，八字打開，無些子回互隱伏說話。（8，124，2980）

   〔3〕而今人看文字，敏底一揭開板便曉，但於意味卻不曾得。便只管看時，也只是恁地。但百遍自是強五十遍時，二百遍自是強一百遍時。（6，80，2087）

   一目瞭然，瞭，《玉篇》：「目明也。」瞭然，明白；清楚。《新唐書·韋

〔註20〕人具有各種屬性，比如性別屬性、年齡屬性、身高屬性、職業屬性……等等。如何列舉；列舉的維度大小；這些與我們的認識能力或認識需要有關，不在本文討論之列。

嗣立傳》：「臣願陛下廓天地之施，雷雨之仁，取垂拱以來罪無重輕所不赦者，普皆原洗，死者還官，生者霑恩，則天下瞭然，知向所陷罪，非陛下意也。」「瞭、了」同音通假，「一目瞭然」亦作「一目了然」，兩者均首見於宋代文獻，佚名編《名公書判清明集》卷三：「若用歙縣之法，則各都之納有欠無欠，一目了然。」後者代替前者沿用至今。

八字打開，本指象「八」字那樣，撇、捺向兩邊分開，意謂明白無隱，開門見山。朱熹《與劉子澄書》：「聖賢已是八字打開了，但人自不領會，卻向外狂走耳。」這段文字的意思是通向聖賢的大門，早已敞開，可是人們並不理會，不但不進門，反而朝外走。此詞源自禪宗語錄，《古尊宿語錄》卷四十八：「師云：『三教聖人設教。只要整頓今人腳手。且如孔子道二三子以我爲隱乎吾無隱乎爾。此乃八字打開。自是時人不會。』」《五燈會元》卷十四：「台州天封子歸禪師，上堂，卓拄杖一下，召大眾曰：『八萬四千法門，八字打開了也。見得麼？金鳳夜棲無影樹，峰巒才露海雲遮。』」

一揭開板便曉，板，即「版」，牘。古代書寫用的木簡。《管子・宙合》：「退身不舍端，修業不息版。」尹知章注：「版，牘也。」「揭開板」當指「開卷」。「一揭開板便曉」指打開書就看明白了，形容領悟的極快。

這組詞都指稱「清楚、明白」的概念，在表達上有主客體的區別，「一目瞭然」從主體的視角出發，一看就明白；「八字打開」是從客體的視角出發，「八」字形似打開的兩扇門，門開了則裏面的東西盡顯眼前，開門見山，打開天窗說亮話，均屬此意象。而「揭開板便曉」則是綜合了主客體的雙重視角，主體「揭開板」，客體（書卷上的內容）就呈現了出來，主體隨後「便曉」。

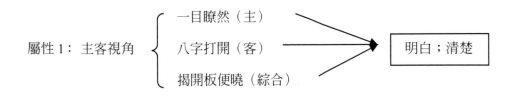

以上分析《朱子語類》中「明白；清楚」概念可以進行一維視角剖分，記爲：明白、清楚＝一目瞭然‖〔註21〕八字打開‖揭開板便曉，屬性1：主客視角，屬性取值爲「一目瞭然」、「八字打開」和「揭開板便曉」，取值數量爲3。取值

〔註21〕符號「‖」表示「或者」，後同。

數量爲 3，表示的是在《朱子語類》中，指稱「清楚、明白」的概念是從「主觀視角、客觀視角、主客觀綜合」3 種不同的視角來表達「清楚、明白」這個概念的，這 3 種不同的視角都是在「視角」這個維度上進行區分的，所以說取值數量爲 3，其實語言中對一個概念的表達的取值是個未知的「X」，這「X」的取值是和人類對這個概念的認知深度和廣度相互聯繫的。

2. 來源多樣性：破賴、无賴、輕儇、輕薄、遊手、浮浪。

〔1〕或云：「退之雖闢佛，也多要引接僧徒。」曰：「固是。他所引者，又卻都是那破賴底僧，如靈師惠師之徒。」（8，139，3305）

〔2〕如近世王介甫，其學問高妙，出入於老佛之間，其政事欲與堯舜三代爭衡。然所用者盡是小人，聚天下輕薄無賴小人作一處，以至遺禍至今。（4，55，1320）

〔3〕因言：「東坡所薦引之人多輕儇之士。若使東坡爲相，則此等人定皆布滿要路，國家如何得安靜！」（8，139，3313）

〔4〕曰：「後世之法與此正相反，農民賦稅丁錢卻重，而遊手浮浪之民，泰然都不管他。」（4，53，1279）

無賴，賴，利益；好處。《說文・貝部》：「賴，贏也。」《國語・晉語一》：「倉稟盈，四鄰服，封疆信，君得其賴。」韋昭注：「賴，利也。」無賴始見於《史記・高祖本紀》：「始大人常以臣無賴，不能治產業，不如仲力。今某之業所就，孰與仲多？」應劭注：「賴，恃也。」《說文》段注：「今人云無賴者，謂其無衣食致然耳。」《漢書》「無賴」寫作「亡賴」而已。裴駰《《集解》》引晉灼語曰：「許慎曰：賴、利也，無利入於家也。」由上可知，無賴本指沒有收入賴以養傢糊口。沒有收入，生活無靠，就會行爲無端，胡作非爲。無賴用作名詞時指「行爲無端，胡作非爲之徒」。《朱子語類》：「退之晚來覺沒頓身己處，如招聚許多人博塞爲戲，所與交如靈師惠師之徒，皆飲酒無賴。」（8，137，3275）

破賴，此條是朱子門人輔廣的記錄。同一內容葉賀孫記錄爲：「《劉禹錫文集》自有一冊送僧詩，韓文公亦多與僧交涉，又不曾見好僧，都破落戶。」（8，139，3305）對比可知，「破賴底僧」與「破落戶」同義。指遊蕩無賴的敗落人家子弟。《水滸傳》第三回：「魯達喝道：『咄！你是箇破落戶，若是和俺硬到底，洒家倒饒了你；你如何對俺討饒，洒家偏不饒你。』」「破賴」似

綜合「破落戶」和「無賴」二者意義後的口語變體。

輕，《說文》：「輕車也。」又輕佻。《左傳・僖公三十三年》：「秦師輕而無禮，必敗。」楊伯峻注：「輕指超乘，謂其輕佻不莊重也。」儇，《說文》：「慧也。」徐鍇繫傳：「謂輕薄、察慧、小才也。」《荀子・非相》：「鄉曲之儇子，莫不美麗姚冶。」楊倞注：「儇與翾義同，輕薄巧慧之子也。」輕儇：輕佻；不莊重。宋司馬光《起請科場箚子》：「容止輕儇，言行醜惡。」

薄，厚度小。《詩・小雅・小旻》：「戰戰兢兢，如臨深淵，如履薄冰。」輕薄，輕佻浮薄。《漢書・地理志下》：「其俗愚悍少慮，輕薄無威。」

遊，優遊；閑逛。《禮記・學記》：「息焉，遊焉。」鄭玄注：「遊，謂閑暇無事之爲遊。」遊手：閒逛不務正業。《周書・蘇綽傳》：「若有遊手怠惰，早歸晚出，好逸惡勞，不勤事業者，則正長牒名郡縣，守令隨時加罰，罪一勸百。」「遊手」亦可以作名詞，指遊逛不務正業者。《晉書・食貨志》：「鄉無遊手，邑不廢時，所謂厥初生民各從其事者也。」《朱子語類》：「先生嘗立北橋，忽市井遊手數人悍然突過，先生斂袵橋側避之。」（7，107，2674）

浮，漂在水或其他液體上面。《說文・水部》：「氾也。」浮，遊蕩，遊手好閑。《韓非子・和氏》：「官行法，則浮萌趨於耕農，而遊士危於戰陳。」浮人，在外流浪的人。（唐）李白《贈徐安宜》詩：「浮人若雲歸，耕種滿郊岐。」浪，《玉篇・水部》：「波浪。」指人像浪一樣浮動、波動。浪人，遊蕩無賴之徒。北魏賈思勰《齊民要術・種瓜》：「摘瓜法：在步道上引手而取；勿聽浪人踏瓜蔓，及翻覆之。」浪子，不務正業、遊蕩玩樂的青年人；二流子。（宋）羅燁《醉翁談錄・韓玉父尋夫題漠口鋪》：「生平良自珍，羞爲浪子負。」「浪弟子」，詈詞。稱行爲放蕩、不知檢束的青年人。《水滸傳》第一〇二回：「那婦人罵道：『浪弟子，鳥歪貨，你閑常時，只喜歡使腿牽拳，今日弄出來了。』」浮浪：到處遊蕩，不務正業。（宋）梅堯臣《聞進士販茶》詩：「浮浪書生亦貪利，史筍經箱爲盜囊。此組詞通過不同隱喻的途徑表達「品行不端」的概念，圖式如下：

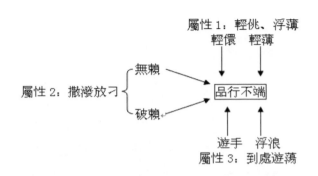

以上分析《朱子語類》中「品行不端」概念可以進行三維視角剖分，記爲：品行不端（撒潑放刁2，輕佻、浮薄2，到處遊蕩2）＝無賴、破賴 ‖ 輕儇、輕薄‖遊手、浮浪。其中「撒潑放刁」屬性取值爲「無賴、潑賴」，取值數量爲2；「輕佻、浮薄」屬性取值爲「輕儇、輕薄」，取值數量爲2；「到處遊蕩」屬性取值爲「遊手、浮浪」，取值數量爲2。

3. 歷時層次性：隔靴爬癢、抓～癢。

〔1〕聖人只是識得性。百家紛紛，只是不識「性」字。揚子鶻鶻突突，荀子又所謂隔靴爬癢。(1，5，84)

〔2〕而今都只在那皮毛上理會，盡不曾抓著癢處。(8，121，2922)

隔靴爬癢，原作「隔靴搔癢」，(宋)嚴羽《滄浪詩話·詩法》：「意貴透澈，不可隔靴搔癢。」爬，搔，都涉及到「用指甲刮」的動作。「叉」，《說文》：「手足甲也。」段玉裁注：「叉，爪古今字。」蚤，即叉之借字，今字通作爪。《集韻》：「叉，或作蚤，通作爪。」馬王堆漢墓帛書甲本《老子·德經》：「虎無所昔（措）其蚤。」爪，《說文》：「叉也。覆手曰爪。」徐灝注箋：「戴氏侗曰『爪，鳥爪也，象形。人之指叉或亦通作爪。』按戴說是也。」可知「爪」兼指動物的腳趾和趾甲。《周禮·考工己·梓人》：「凡攫殺援箸之類，必深其爪，出其目，作其鱗之而。」亦指人的手指，指（趾）甲。《韓非子·內儲說上》：「韓昭侯握爪而佯亡一爪，求之甚急，左右因割其爪而效之，昭侯以此察左右之誠不。」

從「隔靴搔癢」到「隔靴爬癢」反映了「用指甲刮」這一動作概念的歷時層次性①在「叉」的假借字「蚤」的基礎上分化出「搔」表示。《說文·手部》：「搔，刮也」《詩·邶風·靜女》：「愛而不見，搔首踟蹰。」2. 用動作主體「爪」表示動作。《百喻經·爲熊所齧喻》：「昔有父子與伴共行。其子入林，爲熊所齧，爪壞身體。」「爪」的指稱範圍大於「叉」，因而在後來的使

用中逐漸覆蓋了「叉」的使用域。3. 用「爪」加「扌」分化出「抓」表示，仍讀「zhǎo」《廣雅‧釋詁二》：「抓，搔也。」《黃帝內經‧素問譯解‧離合眞邪論篇第二十七》：「岐伯曰：『必先捫而循之，切而散之，推而按之，彈而怒之，抓而下之，通而取之，外引其門，以閉其神。』」《莊子‧雜篇》第二十四：「吳王浮於江，登乎狙之山。眾狙見之，恂然棄而走，逃於深蓁。有一狙焉，委蛇攫抓，見巧於王。」4. 爬，本指一種帶齒的農具，用以碎土平地。同「耙」。《太平御覽》卷三三九引《金匱》：「守戰之具，皆在民間。耒耜者，是其弓弩也；鋤爬者，是其矛戟也；簽笠者，是其兜鍪也。」可見「爬」字在東漢已經出現，佛經中出現「爬癢」的表達，（東漢）安世高譯《佛說處處經》一卷：「澡漱有三因緣。一者爲恐爪下垢故。二者爬癢隨可意。三者殺蚤蚊故。」「爬」與「搔」動作相似，可以組合成「爬搔」表示「用爪甲輕抓」。《顏氏家訓‧歸心》：「稍醒而覺體癢，爬搔隱疹，因爾成癩。《朱子語類》中詞彙表達「用指甲刮」這一概念的歷時層次性圖式如下：

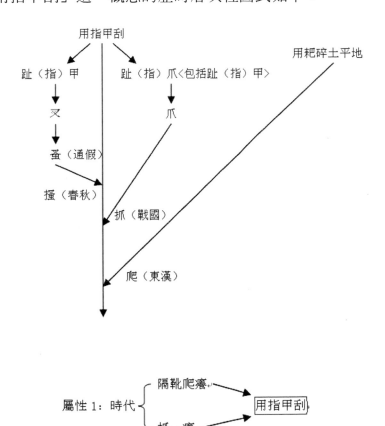

以上分析《朱子語類》中「用指甲刮」概念可以進行一維時代剖分，記爲：用指甲刮（時代2）＝隔靴爬癢‖抓～癢，屬性1：時代屬性，取值爲「隔靴爬

癢」和「抓～癢」，取值數量爲 2。

4. 接觸融合性：汰、沙汰、揀汰、汰斥。

〔1〕合當精練禁兵，汰其老弱，以爲廂兵。（7，110，2708）

〔2〕不是秀才底人，他亦自不敢來。雖無沙汰之名，而有其實。（7，109，2694）

〔3〕如揀汰軍兵，也說怕人怨；削進士恩例，也說士人失望，恁地都一齊沒理會，始得。（8，130，3101）

〔4〕程其年力，汰斥癃老衰弱，招補壯健，足可爲用，何必更添寨置軍？（7，109，2705）

汰，淘洗米、豆之類。《說文・水部》：「汰。淅瀨也。」（清）王筠句讀：「汰者，汰之譌。」沙，《說文》：「水散石也。」作動詞時表「淘汰，揀擇」義。《廣韻・麻韻》：「沙，沙汰。」較早用例出現在晉代，《晉書・孫綽傳》：「綽性通率，好譏調。嘗與習鑿齒共行，綽在前，顧謂鑿齒曰：『沙之汰之，瓦石在後。』鑿齒曰：『簁之颺之，穅秕在前。』」〔註22〕沙汰表「淘汰；揀選」義，（晉）葛洪《抱朴子・明本》：「夫遷之洽聞，旁綜幽隱，沙汰事物之臧否，覈實古人之邪正。」揀，《廣雅・釋詁一》：「揀，擇也。」本作「柬」，《說文・束部》：「分別柬之也。」揀汰，淘汰。（宋）李綱《與折仲古龍學書》：「潰卒除揀汰外，得彊壯萬餘，分隸諸將。」斥，《廣韻・昔韻》：「逐也，遠也。」《漢書・郊祀志上》：「乘輿斥車馬帷帳器物以充其家。」顏師古注：「斥，不用者也。」汰斥，淘汰斥退。（宋）蘇轍《除尚書右丞諸公免書》：「方虞汰斥，遽爾超升。」

此組詞在《朱子語類》中都表示「甄別裁汰」的概念〔註23〕，「汰」，「用水沖洗雜質」隱喻指稱「淘汰」；沙，用清除的對象「沙」來轉喻指稱；揀，用手挑揀雜質隱喻指稱；斥，驅逐排斥雜質隱喻指稱。呈現出以「汰」爲表達的核心概念，相關概念「沙、揀、斥」接觸融合的態勢，這也是漢語複音詞大量出現一個不可忽視的因素。《朱子語類》中詞彙表達「甄別裁汰」概念

〔註22〕《晉書》是（唐）房玄齡等人合著，然「沙之汰之」是晉人孫綽的語言直錄，可以說「沙，表沙汰義。」較早用例出現在晉代。

〔註23〕《朱子語類》中「淘」均表示「用水沖洗，汰除雜質。」沒有「甄別裁汰」義，「淘漉」亦只有「沖洗；清除」義，未出現复合詞「淘汰」。

的接觸融合性圖圖式：

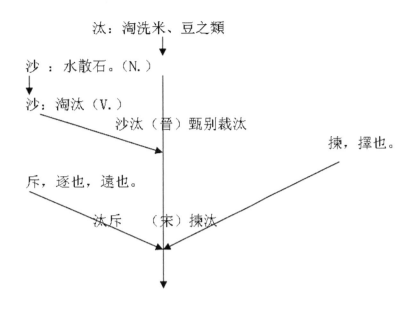

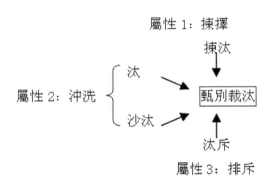

以上分析《朱子語類》中「甄別裁汰」概念可以進行三維視角剖分，記爲：甄別裁汰（揀擇 1，沖洗 2，排斥 1）＝揀汰‖汰、沙汰‖汰斥。其中「揀擇」屬性取值爲「揀汰」，取值數量爲 1；「沖洗」屬性取值爲「汰、沙汰」，取值數量爲 2；「排斥」屬性取值爲「汰斥」，取值數量爲 1。

5. 組合選擇性

5.1 生生不息、生生不已、生生不窮。

〔7〕天地人只是一箇道理。天地設位，而變易之理不窮，所以天地生生不息。（6，96，2464）

〔8〕義剛問井田：「今使一家得百畝，而民生生無已，後來者當如何給之？」（6，90，2299）

〔9〕人物所以生生不窮者，以其生也。才不生，便乾枯殺了。（7，
105，2634）

息，《說文》：「喘也。」《廣韻‧職韻》：「止也。」《易‧乾》：「天行健，君
子以自強不息。」窮，《說文》：「極也。」窮有「止，息。」《禮記‧儒行》：「儒
有博學而不窮，篤行而不倦。」鄭玄注：「不窮，不止也。」已，《說文》未收。
《廣韻‧止韻》：「已，止也。」《詩‧鄭風‧風雨》：「風雨如晦，雞鳴不已。」
鄭玄箋：「已，止也。」

此組詞的興替表現了概念表達的組合選擇性，生生表現的是「孳生不絕，
繁衍不已」的概念場景，《易‧繫辭上》：「生生之謂易。」孔穎達疏：「生生，
不絕之辭。陰陽變轉，後生次於前生，是萬物恒生謂之易也。」可知，三者表
達的都是生命繁衍不息的場景，而與之組合的「息、已、窮」三個表示「止息」
的語素當中，只有「息」有「滋息；生長」義，《漢書‧卜式傳》：「式即爲郎，
布衣草蹻而牧羊。歲餘，羊肥息。」顏師古注：「息，生也，言羊肥而又生多也。」
因而「生生不息」的使用頻率最低卻沿用至今。

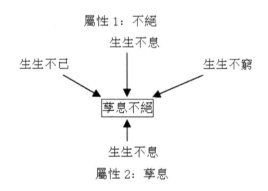

以上分析《朱子語類》中「孳息不絕」概念可以進行二維剖分，記爲：孳
息不絕（孳息 1，不絕 3）＝生生不息 ‖ 生生不已 ‖ 生生不窮。不絕屬性取值
爲「生生不息、生生不已、生生不窮」，取值數量爲 3。

5.2 阿附權勢、趨時附勢、趨炎附勢。

三者在文獻中出現的時代均在宋清之間，出現頻率由低到高，今多作「趨
炎附勢」，亦源自「依附權勢」這一概念場景對「炎」的選擇性，炎，《說文》：
「火光上也。」《朱子語類》：「水之潤下，火之炎上，金之從革，木之曲直，
土之稼穡，一一都有性，都有理。」（7，97，2484）比喻炎人的權勢。唐柳
宗元《宋清傳》：「吾觀今之交乎人者，炎而附，寒而棄，鮮有能類清之爲者。」

炎，「火光上」的自然本性和人「炎而附，寒而棄」的本性有很強的相似性，因而「趨炎附勢」這一表達得以沿用至今。

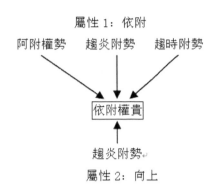

以上分析《朱子語類》中「依附權貴」概念可以進行二維趨時附勢剖分，記為：依附權貴（向上1，依附2）＝向上||依附。「向上」屬性取值為「趨炎附勢」，取值數量為 1。「依附」屬性取值為「阿附權勢、趨時附勢」，取值數量為1。其中，屬性2為本質屬性，因為其取值「趨炎附勢」稱為優勢取值，在歷時競爭中得以沿用至今。

總之，概念不是一成不變的，是活的，發展著的。客觀世界不斷發展，人們對於客觀世界的認識也不斷地深入和豐富。概念作為人對於客觀事物的認識和反映也必然不是一成不變的。詞彙表達概念的維度是判斷和評價一種語言中詞彙表達概念多方位、多角度、多層次的基本參數，遠遠不止上文討論的這些。概念場詞彙系統是個開放的空間，只要特定的概念存在，人們的無限可能的認知維度就會形成語言中詞彙表達概念維度的無限可能。這些維度和其表達的概念之間存在錯綜複雜的聯繫，在一定的語境、認知條件的基礎上，一方面它們都會在其表達的概念上留下歷時的蛛絲馬跡，另一方面，隨著人類認知水準的變化，對概念的認識日趨完善，在詞彙系統中就會同步出現對應的表達，所以說，任何一種語言的詞彙表達都只可能無限接近要表達的概念，但是永遠不可能準確、完整的去詮釋一個概念，就像人類只能無限接近真理，卻永不可能抵達真理一樣。

參考文獻

1. 陳榮捷《朱子門人》〔M〕華東師範大學出版社，2007：1，193～194。

2. 黃侃《文字聲韻訓詁筆記》〔M〕上海：上海古籍出版社，1983：181。

3. （瑞士）費爾迪南・德・索緒爾《普通語言學教程》〔M〕北京：商務印書館，1980：127，143，161。

4. 張永言《詞彙學簡論》〔M〕武漢：華中工學院出版社，1982：13。

5. 王力《漢語史稿》〔M〕北京：中華書局，1980：643。

6. （明）朱衡《道南源委》（一）〔M〕北京：中華書局，1985：1。

7. 高令印、高秀華《朱子學通論》〔M〕廈門：廈門大學出版社，2007：451，509。

8. 《富山大學人文學部紀要》第五號〔J〕1981：296／駱娟譯《朱子文化》，2010（2）：43。

9. 林慶彰主編《朱子學研究書目（1900～1991）》〔M〕臺北：文津出版社，1992：61～62。

10. 吳展良編《朱子研究書目新編1900～2002》〔M〕臺北：臺灣大學出版中心，2005：56～61。

11. 袁賓、徐時儀《二十世紀的近代漢語研究》〔M〕太原：書海出版社，2001：768～769。

12. 石立善《戰後日本的朱子學研究述評（1946～2006）》載《鑒往瞻來——儒學文化研究的回顧與展望》〔C〕上海：復旦大學出版社，2006：266～277。

13. 高令印《現代日本朱子學》，《浙江學刊》〔J〕，1988（6）：64～65。

14. 蔣冀騁《近代漢語詞彙研究》〔M〕長沙：湖南教育出版社，1991：67，68，72。

15. 王力《我的治學經驗》載《龍蟲並雕齋瑣語》〔C〕北京：商務印書館，2002：276。

16. 譚代龍《義淨譯經身體運動概念場詞彙系統及其演變研究》〔M〕北京：語文出版社，2008：15。

17. （宋）黎靖德編，王星賢點校《朱子語類》〔M〕北京：中華書局，1986。

18. 許寶華、宮田一郎《漢語方言大詞典》〔M〕北京：中華書局 1999：4753，905，2046，3411，3412，5679，5683，2765，6822，1453，6934，3201。

19. 蔣禮鴻《敦煌變文字義通釋》〔M〕上海：上海古籍出版社，1997：128，223，181，182，185。

20. 王鳳陽《古辭辨》〔M〕長春：吉林文史出版社，1993：819，695。

21. （清）章炳麟《新方言》（《章氏叢書》）〔M〕浙江圖書館，1919：146。

22. 本書編委會《續修四庫全書》（第 229 冊）〔M〕上海：上海古籍出版社，2002：628。

23. （清）錢大昕著，陳文和、孫顯軍校點《十駕齋養新錄》〔M〕南京：江蘇古籍出版社，2000：86，112～113。

24. 蔣冀騁，吳福祥《近代漢語綱要》〔M〕長沙：湖南教育出版社，1997：276。

25. 黃征，張湧泉《敦煌變文校注》〔M〕北京：中華書局，1997：723。

26. 徐時儀《漢語白話發展史》〔M〕北京：北京大學出版社，2007：15。

27. 趙家棟，付義琴《敦煌變文校注識讀語詞散記》〔J〕中國語文，2008，（3）：273。

28. 蔣紹愚《近代漢語研究概要》〔M〕北京：商務印書館，2005：278。

29. 王國維《觀堂集林》〔M〕石家莊：河北教育出版社，2001：178。

30. 潘重規《敦煌變文集新書》〔M〕臺北：文津出版社，民國 83 年：302。

31. 江藍生，曹廣順《唐五代語言詞典》〔M〕上海：上海教育出版社，1998，361。

32. 蔣禮鴻《敦煌文獻語言詞典》〔M〕杭州：杭州大學出版社，1994：320，321。

33. 錢鐘書《談藝錄》〔M〕北京：中華書局，1984：286。

34. 姜亮夫著，姜昆武校《昭通方言疏證》〔M〕上海：上海古籍出版社，1988。

35. （宋）王楙《野客叢書》〔M〕北京：中華書局，1987：229。

36. （宋）沈作喆《寓簡（附錄）》〔M〕北京：中華書局，1985：5。

37. （清）趙翼著，欒保群、呂宗力校點《陔餘叢考》〔M〕石家莊：河北人民出版社，1990：797～798。

38. （清）洪亮吉《北江詩話》〔M〕北京：中華書局 1985：58。

39. 徐時儀，肖燕《「杜撰」的語源》，《語言文字周報》〔N〕2005 年 2 月 23 日第 4 版。

40. 崔山佳《從〈紅樓夢〉甲戌本的「肚撰」說起》，《紅樓夢學刊》〔J〕2011（1）。

41. 王國維《毛公鼎銘考釋》載《王國維遺書》（第六冊）〔M〕上海：上海古籍書店，1983。

42. 曹廣順《試說「就」「快」在宋代的使用及其有關的斷代問題》〔M〕《中國語文》1987（4）。

43. 董志翹《太平廣記語詞考釋》,《中國語研究》〔J〕第 36 號,1994。

44. 金穎《常用詞「過」、「誤」、「錯」的歷時演變與更替》《古漢語研究》〔J〕2008（1）。

45. 顧頡剛《史林雜識》〔M〕北京：中華書局,1963：134。

46. 傅洋《我的父親彭真》（妙喻「拍馬屁」）香港文匯報〔N〕2001-5-9。

47. Fauconnier,G & Turner,M.2002：277.The *Way We Think：Conceptual Blend and the Mind』s Hidden Complexities*. Basic Books.

48. （德）威廉・馮・洪堡特著,姚小平譯《論人類語言結構的差異及其對人類精神發展的影響》〔M〕北京：商務印書館,2008：118～119。

49. （德）威廉・馮・洪堡特著,姚小平譯《論語法形式的通性以及漢語的特性》,《洪堡特語言哲學文集》〔C〕長沙：湖南教育出版社,2001：171,170。

50. 吳安其《歷史語言學》〔M〕上海：上海教育出版社,2006：68

51. Fauconnier,Gilles & Turner,Mark.1998,*Conceptual Integration Networks*〔J〕Cognitive Science：22,133-187。

52. 程琪龍《概念框架和認知》〔M〕上海：上海外語教育出版社,2006：97,93。

53. 王正元《概念整合理論及其應用研究》〔M〕北京：高等教育出版社,2010。

54. 高曉虹《章丘方言志》〔M〕齊魯書社,2011；邵燕梅、劉長鋒、邵明武、錢曾怡《沂南方言志》〔M〕齊魯書社,2010；宋恩泉,《汶上方言志》〔M〕齊魯書社,2005；錢曾怡、太田齋、陳洪昕、楊秋澤齊《萊州方言志》〔M〕齊魯書社,2005；邵燕梅《郯城方言志》〔M〕齊魯書社,2005；馬靜、吳永煥《林沂方言志》〔M〕齊魯書社,2003。

主要引用文獻

1.（漢）孔鮒著，宋咸注《小爾雅》，北京：中華書局，1985。

2.（漢）司馬遷撰，（宋）裴駰《集解》，（唐）司馬貞索隱，（唐）張守節正義《史記》，北京：中華書局，1982。

3.（漢）劉安撰，高誘注；莊逵吉校《淮南子》，上海：上海古籍出版社，1989

4.（漢）毛亨傳，（漢）鄭玄箋，（唐）孔穎達《毛詩注疏》（《十三經注疏》本），北京：中華書局，1980。

5.（漢）班固撰，（唐）顏師古注《漢書》，北京：中華書局，1962。

6.（漢）許慎撰，（宋）徐鉉校定《說文解字》，北京：中華書局，1963。

7.（漢）趙岐注，（宋）孫奭疏《孟子注疏》（《十三經注疏》本），北京：中華書局，1980。

8.（漢）鄭玄注，（唐）孔穎達正義《禮記注疏》（《十三經注疏》本），北京：中華書局，1980。

9.（漢）鄭玄注，（唐）賈公彥《周禮注疏》（《十三經注疏》本），北京：中華書局，1980。

10.（漢）趙曄，《吳越春秋》，北京：中華書局，1985

11.（魏）何晏集解，（宋）邢昺疏《論語注疏》（《十三經注疏》本），北京：中華書局，1980。

12.（魏）張揖，（清）王念孫疏證《廣雅疏證》，北京：中華書局，1983。

13.（吳）韋昭注，上海師範學院古籍整理組校點《國語》，上海：上海古籍出版社，1978。

14.（晉）杜預注，（唐）孔穎達正義《春秋左傳正義》，北京：中華書局，1980。

15.（晉）干寶撰，汪紹楹校注《搜神記》，北京：中華書局，1979。

16.（晉）陳壽撰，（宋）裴松之注《三國志》，北京：中華書局，1982。

17.（劉宋）范曄撰，（唐）李賢等注《後漢書》，北京：中華書局，1965。

18.（梁）蕭統編，（唐）李善注《文選》，上海：上海古籍出版社，1986。

19.（梁）沈約撰《宋書》，北京：中華書局，1974。

20.（後魏）賈思勰著，繆啓愉校釋《齊民要術校釋》，北京：中國農業出版社，1998。

21.（唐）房玄齡等撰《晉書》，北京：中華書局，1974。

22.（唐）孔穎達正義《周易正義》（《十三經注疏》本），北京：中華書局，1980.

23.（唐）孔穎達正義《尚書正義》（《十三經注疏》本），北京：中華書局，1980。

24.（南唐）泉州招慶寺靜、筠法師合撰，張美蘭校注《祖堂集校注》，北京：商務印書館，2009。

25.（南唐）徐鍇編著《說文解字繫傳》，北京：中華書局，1987。

26.（宋）周邦彥撰，吳則虞校點《清眞集》，北京：中華書局，1981。

27.（宋）朱熹集注《楚辭集注》，上海：上海古籍出版社，1979。

28.（金）董解元撰《古本董解元西廂記》，上海：上海古籍出版社，1984。

29.（元）魯明善著，王毓瑚校注《農桑衣食撮要》，北京：農業出版社，1962。

30.（明）馮夢龍編，許政揚校注《喻世明言》，北京：人民文學出版社，1958。

31.（明）馮夢龍編《警世通言》（《古本小說集成本》），上海：上海古籍出版社，1994。

32.（明）李贄評纂，吳從先參訂、何偉然校閱、霞漪閣校訂，臺北：臺灣大通書局《史綱評要》，1975。

33.（明）陸采著《明珠記》（毛晉編《六十種曲》本），北京：中華書局，1958。

34.（明）高明著，錢箕校注《琵琶記》，北京：中華書局，1960。

35.（明）黃宗羲撰《南雷文定》前集卷八，北京：中華書局 1985。

36.（明）張自烈撰，（清）廖文英續《正字通》（續修四庫全書本第 234～235 冊），上海：上海古籍出版社，2002。

37.（清）畢沅校注，吳旭民標點《墨子》，上海：上海古籍出版社，1995。

38.（清）彭定求等編《全唐詩》（第十三冊），北京：中華書局，1960。

39.（清）彭定求等編《全唐詩》（增訂本），北京：中華書局，1999。

40.（清）蒲松齡《聊齋誌異》（鑄雪齋抄本），上海：上海古籍出版社，1979。

41.（清）段玉裁注《說文解字注》，上海：上海古籍出版社，1988。

42.（清）黎翔鳳撰，梁運華整理《管子校注》，北京：中華書局，2004。

43.（清）李海觀著《歧路燈》（《古本小說集成》本），上海：上海古籍出版社，1994。

44.（清）顧炎武著，（清）黃汝成集釋《日知錄》，上海：上海古籍出版社，1985。

45.（清）韓慶邦著《海上花列傳》，上海：上海古籍出版社，1994。

46.（清）朱駿聲編著《說文通訓定聲》，北京：中華書局，1984.

47. （清）吳敬梓《儒林外史》（《古本小說集成》本），上海：上海古籍出版社，1994。

48. （清）吳趼人著，宋世嘉標點《二十年目睹之怪現狀》，上海：上海古籍出版社，1997。

49. （清）魏秀仁著，杜維沫校點《花月痕》，北京：人民文學出版社 1982。

50. （清）王先謙編著《莊子集解》，成都：成都古籍書店，1988。

51. （清）王先謙編著，沈嘯寰、王星賢點校《荀子集解》，北京：中華書局，1988。

52. （清）王先慎，鍾哲點校《韓非子集解》，北京：中華書局，1998。

53. （清）曹雪芹、高鶚著《紅樓夢》，北京：人民文學出版社，1982。

54. 丁玲《韋護》，上海：大江書鋪，1931。

55. 張相《詩詞曲語辭匯釋》，北京：中華書局，1955。

56. 王少堂口述，揚州評話研究小組整理揚州評話水滸《武松》，南京：江蘇文藝出版社，1959。

57. 魯迅《集外集》，北京：人民文學出版社，1973。

58. 魯迅《朝花夕拾》，北京：人民文學出版社，1979。

59. 魯迅《偽自由書》，北京：人民文學出版社，1980。

60. 楊伯峻撰《列子集釋》，北京：中華書局，1979。

61. 逯欽立輯校《先秦漢魏晉南北朝詩》，北京：中華書局，1983。

62. 劉瑞潞編撰《唐五代詞鈔小箋》，長沙：嶽麓書社，1983。

63. 黃征、張湧泉校注《敦煌變文校注》，北京：中華書局，1997。

64. 周祖謨《方言校箋》附索引，北京：中華書局，1993。

65. 陳毅《陳毅詩詞選集》，北京：人民文學出版社，1977。

66. 曹禺《北京人》，北京：中國戲劇出版社，1990。

67. 魏巍《東方》（下冊），北京：人民文學出版社，1985。

68. 柔石著，楊東標選編《二月》，杭州：浙江文藝出版社，2005。

69. 丁西林《一隻馬蜂》，北京：華夏出版社，2009。

70. 中華電子佛典協會 CBETA 電子佛典集成（04 冊 0209 號），臺北：CBETA，2010。

附　錄

一、《朱子語類》與《漢語大詞典》編纂

補充義項

【廚子】廚即櫥，柜子。

某在漳州，豐憲送下狀如雨，初亦爲隨手斷幾件。後覺多了，恐被他壓倒了，於是措置幾隻廚子在廳上，分了頭項。送下訟來，即與上簿。合索案底，自入一廚；人案已足底，自入一廚。（7，106，2647）

【瀉】澆鑄。

曰：「天地之化，滔滔無窮，如一爐金汁，鎔化不息。聖人則爲之鑄瀉成器，使人模範匡郭，不使過於中道也。『曲成萬物而不遺』，此又是就事物之分量形質，隨其大小闊狹、長短方圓，無不各成就此物之理，無有遺闕。（5，74，1894）

這箇做工夫，須是放大火中鍛煉，鍛教他通紅，溶成汁，瀉成鋌，方得。（8，121，2920）

【鬧場】喧鬧的處所。

若渾身都在鬧場中，如何讀得書！人若逐日無事，有見成飯喫，用半日靜坐，半日讀書，如此一二年，何患不進！（7，116，2806）

【歆動】打動。

如子貢在當時，想是大段明辨果斷，通曉事務，歆動得人。孔子自言：「達不如賜，勇不如由。」（4，49，1213）

【酸澀】迂腐艱澀。

後人文章務意多而酸澀。如《離騷》初無奇字，只恁說將去，自是好。後來如魯直恁地著力做，卻自是不好。（8，139，3299）

【鑽鑿】同「穿鑿」，牽強附會。

公看文字子細，卻是急性，太忙迫，都亂了。又是硬鑽鑿求道理，不能平心易氣看。且用認得定，用玩味寬看。（7，118，2836）

【流濫】喻放逸。

大抵人心流濫四極，何有定止。一日十二時中有幾時在軀殼內？與其四散閑走，無所歸著，何不收拾令在腔子中。（4，59，1412）

【鬧熱】有意思。

先生曰：「某嘗勸人，不如做縣丞，隨事猶可以及物。做教官沒意思，說義理人不信，又須隨分做課試，方是鬧熱。」（7，118，2843）

【蹺踦】詭譎，詭詐。亦寫成「蹺欹」、「蹊蹺」、「蹺蹊」。

《東萊博議》中論桓文正譎甚詳，然說亦有過處。又曰：「桓公雖譎，卻是直拔行將去，其譎易知。如晉文，都是藏頭沒尾，也是蹺踦。」（3，44，1127）

【欹倚】斜靠。

本錄云：「柔弱底中立，則必欹倚。若能中立而不倚，方見硬健處。」（4，63，1530）

【窠子】比喻集中之所。

如五峰之說，則仁與不仁，義與不義，禮與無禮，智與無智，皆是性。如此，則性乃一箇大人欲窠子！（7，101，2591）

【一路】一順。

聖人之心純於善而已，所以謂「未嘗見其心」者，只是言不見其有昏蔽忽

明之心，如所謂幽暗中一點白者而已。但此等語話，只可就此一路看去；纔轉入別處，便不分明，也不可不知。（5，71，1795）

【欵情】審理和判決案件中所參考的供詞。

漢人斷獄辭，亦如今之欵情一般，具某罪，引某法爲斷。（8，135，3233）

【生】确實；實在。

曰：「然。顏子『克己復禮』，不是盲然做，卻是他生見得分曉了。便是聖人說話渾然。今『克己復禮』一句，近下人亦用得。不成自家未見得分曉，便不克己！只得克將去。只是顏子事與此別。」（3，45，1151）

【體識】體會。

又云：「今人讀書麤心大膽，如何看得古人意思。如說『八庶徵』，這若不細心體識，如何會見得。」（5，79，2048）

【頭耳】大概。

曰：「他若達之，必須有說，惜乎見夫子如此說，便自住了。聖門自顏曾以下，惟子貢儘曉得聖人，多是將這般話與子貢說。他若未曉，聖人豈肯說與，但他只知得箇頭耳。」（3，，44，1139）

【滿頭滿耳】比喻把莫須有的事物說得很細致。同「有鼻子有眼」。

揚謂：「冊子說，並人傳說，皆不可信，須是親見。揚平昔見冊子上並人說得滿頭滿耳，只是都不曾自見。」（1，3，35）

【則子】定則；法規；準則。

居父問：「仁者動靜皆合正理，必有定則，凡可好可惡者，皆湊在這則子上，所以『能好人，能惡人』」。（2，26，645）

【少刻】後來。

看文字須是虛心。莫先立己意，少刻多錯了。（1，11，179）

凡讀書，初一項須著十分工夫了，第二項只費得九分工夫，第三項便只費六七分工夫。少刻讀漸多，自貫通他書，自不著得多工夫。（1，14，254）

【敷暢】舒暢。

張無垢氣魄，汪端明全無些子氣魄。無垢《論語》說得甚敷暢，橫說豎說，居之不疑。（8，132，3173）

【蠚】鬧騰。

長孺向來自謂有悟，其狂怪殊不可曉，恰與金溪學徒相似。嘗見受學於金溪者，便一似嚥下箇甚物事，被他撓得來恁地。又如有一箇蟲在他肚中，蠚得他自不得由己樣。又如有一箇蟲在他肚中，蠚得他自不得由己樣。（7，119，2877）

【鬧裝】花哨、不實在。

伯恭是箇寬厚底人，不知如何做得文字卻似箇輕儇底人？如省試義大段鬧裝，說得堯舜大段脅肩諂笑，反不若黃德潤辭雖窘，卻質實尊重。（8，122，2953）

【分文】一點兒。

淳因舉向年居喪，喪事重難，自始至終，皆自擔當，全無分文責備舍弟之意。（7，117，2825）

【苦楚】折磨。

又曰：「公劉時得一上做得盛，到太王被狄人苦楚時，又衰了。太王又旋來那岐山下做起家計。但岐山下卻亦是商經理不到處，亦是空地。當時邠也只是一片荒涼之地，所以他去那裏輯理起來。」（3，35，908）

【頓段】分階段。

也不問在這裏不在這裏，也不說要如何頓段做工夫，只自腳下便做將去。（7，113，2744）

【塌塌】垮掉的樣子。

唐貞觀之治，可謂甚盛。至中間武后出來作壞一番，自恁地塌塌底去。至五代，衰微極矣！（5，72，1813）

【消削】消磨。

才有人欲，便這裏做得一兩分，卻那裏缺了一兩分，這德便消削了，如何得會崇。聖人千言萬語，正要人來這裏看得破。」（3，42，1094）

今時文日趨於弱，日趨於巧小，將士人這些志氣都消削得盡。（7，109，2702）

【周遮】周到。

先生不應，因云：「南軒見義必為，他便是沒安排周遮，要做便做。人說道他勇，便是勇，這便是不可及！」（7，108，2686）

【阻節】阻撓。

如今事事如此，省部文字，一付之吏手，一味邀索，百端阻節。（7，106，2650）

【繼燭】延長時間。

上之人分明以賊盜遇士，士亦分明以盜賊自處，動不動便鼓譟作鬧，以相迫脅，非盜賊而何？這箇治之無他，只是嚴挾書傳義之禁，不許繼燭，少間自沙汰了一半。不是秀才底人，他亦自不敢來。雖無沙汰之名，而有其實。既不許繼燭，他自要奔，去聲。無緣更代得人筆。（7，109，2694）

【花名】代稱。

「舜」只是花名，所謂「顏如舜華」；「禹」者，獸跡，今篆文「禹」字如獸之跡。（6，87，2233）

【頂門】要害，關鍵。

又不去頂門上下一轉語，而隨其後屑屑與之辯。使其說轉，則吾之說不行矣。（6，86，2222）

【斷當】判斷。

《左氏傳》是箇博記人做，只是以世俗見識斷當它事，皆功利之說。《公》、《穀》雖陋，亦有是處，但皆得於傳聞，多訛謬。（6，83，2151）

【大鈞】大凡。只要是。

可幾問：「大鈞播物，還是一去便休，也還有去而復來之理？」（1，1，8）

【落草】誤入歧途。

世間也只有這一箇方法路徑，若才不從此去，少間便落草，不濟事。（3，40，1037）

【談空】說空話。

聖人說話甚實，不作今人談空。（3，41，1059）

【效】見效。

又問：「先生適說：『「克己復禮」，是喫一服藥便效。』」（3，42，1079）

【筋骨】骨氣。

狷者雖非中道，然這般人終是有筋骨。淳錄作「骨肋」。（3，43，1110）

【放退】退後。

「居之不疑」，便是放出外而收斂不得，只得自擔當不放退。（3，42，1091）

此與對葉公之語略相似，都是放退一步說。（3，44，1138）〔註1〕

【饒潤】寬容；饒恕。與「饒」義相通。

曰：「『以德報德』，蓋它有德於我，自是著饒潤它些子。（3，44，1136）

又云：「『以德報怨』，是著意要饒他。（3，44，1136）

【轉側】迴旋。

義剛又言：「泰伯若居武王時，牧野之師也自不容已。蓋天命人心，到這裏無轉側處了。」（3，35，907）

如孫之翰唐論雖淺，到理會一事，直窮到底，教他更無轉側處。」（44，1132）

問：「君臣之變，不可不講。且如霍光廢昌邑，正與伊尹同。然尹能使太甲『自怨自艾』，而卒復辟。光當時被昌邑說『天子有爭臣七人』兩句後，他更無轉側。萬一被他更咆勃時，也惡模樣。」（8，135，3228）

【鄒搜】粗鄙。

《公羊》說得宏大，如「君子大居正」之類。《穀梁》雖精細，但有些鄒搜狹窄。（6，83，2153）

【模樣】同「蓋」。估量之辭。

五代時甚麼樣！周世宗一出便振。收三關，是王朴死後事。模樣世宗未死時，須先取了燕冀，則云中河東皆在其內矣。（8，136，3251）

【掀揭】張揚。

因論劉淳叟事，云：「添差倅亦可以爲。」論治三吏事，云：「漕自來爲之

〔註1〕此句爲夔孫記錄。下有義剛錄云：「這三句，便似葉公問孔子於子路處樣，皆是退後一步說。（3，44，1138）」可知「放退」爲「退後」義。

亦好。不然，委別了事人。淳叟自爲太掀揭，故生事。」（7，120，912）

提前書證

【一生九死】謂經歷多次生命危險而倖存。

《漢語大詞典》首引（明）劉道開《疇昔》例，偏晚。

某今病得一生九死，已前數年見浙中一般議論如此，亦嘗竭其區區之力，欲障其末流，而徒勤無益。（5，73，1848）

【拈弄】擺弄。

《漢語大詞典》首引（明）馮夢龍《古今小說·簡帖僧巧騙皇甫妻》例，偏晚。

今日也拈弄，明日也拈弄，久久自熟。（7，118，2850）

【白】

①副詞。總是；老是。

《漢語大詞典》首引《金瓶梅詞話》第九十回例，偏晚。

通老問：「孟子說『浩然之氣』，如何是浩然之氣？」先生不答。久之，曰：「公若留此數日，只消把孟子白去熟讀。他逐句自解一句，自家只排句讀將去，自見得分明，卻好來商量。若驀地問後，待與說將去，也徒然。（7，120，2883）

②副詞。只是；光是。

《漢語大詞典》首引《紅樓夢》第三四回例，偏晚。

先生曰：「公看文字，好立議論。是先以己意看他，卻不以聖賢言語來澆灌胸次中，這些子不好。自後只要白看，乃好。」（7，114，2761）

【詆譏】詆毀譏諷。

《漢語大詞典》首引（元）劉祁《歸潛志》卷八例，偏晚。

《甫田》諸篇，凡詩中無詆譏之意者，皆以爲傷今思古而作。（6，80，2075）

【鬧】爭吵；吵鬧。

《漢語大詞典》首引《儒林外史》例，偏晚。

宮爲君，商爲臣，是臣陵君之象。其聲憤怒躁急，如人鬧相似，便可見音

節也。（2，25，627）

【見得】知道；看出。

《漢語大詞典》首引（元）范康《竹葉舟》楔子例，偏晚。

管仲不死子糾，聖人無說，見得不當死。（3，44，1129）

【誇逞】誇耀、顯示。

《漢語大詞典》首引《初刻拍案驚奇》卷三例，偏晚。

孟子說「性善」云者，歎美之辭，不與惡對。「其所謂『天地鬼神之奧』，言語亦大故誇逞。某嘗謂聖賢言語自是平易，如孟子尙自有些險處，孔子則直是平實」。（7，101，2588）

【懊悶】懊惱，煩悶。

《漢語大詞典》首引（清）蒲松齡《聊齋誌異・瞳人語》例，偏晚。

先生聞黃文叔之死，頗傷之，云：「觀其文字議論，是一個白直嚮快底人，想是懊悶死了。言不行，諫不聽，要去又不得去，也是悶人！」（8，132，3181）

【巢穴】敵人或盜賊盤踞之地。

《漢語大詞典》首引（明）張居正《答殷石汀計剿海寇書》例，偏晚。

今若不先破其巢穴，待他事成驟至，某等此時直當不得。（8，131，3152）

【趁】掙；賺。

《漢語大詞典》首引（元）李有《古杭雜記》例，偏晚。

如人趁養家一般，一日不去趁，便受饑餓。（7，116，2791）

【綽見】看見；望見。

《漢語大詞典》首引（元）鄭廷玉《後庭花》例，偏晚。

然有不同處：堯舜便是實有之，踏實做將去；曾點只是偶然綽見在。（3，40，1036）

【第恐】只怕。表示擬測。

《漢語大詞典》首引（元）麻革《守約齋爲呂仲和作》例，偏晚。

郭叔雲問：「爲學之初，在乎格物。物物有理，第恐氣稟昏愚，不能格至其理。」（1，15，292）

【典守】主管；保管。

《漢語大詞典》首引《明史・后妃傳序》例，偏晚。

今在柙中走了，在櫝中毀了，便是典守者之過。（3，46，1170）

【過中】超過適當的限度。

《漢語大詞典》首引（元）姚燧《江漢堂記》例，偏晚。

「先甲、後甲」，言先甲之前三日，乃辛也。是時前段事已過中了。是那欲壞之時，便當圖後事之端，略略撐住則個。雖終歸於弊，且得支吾幾時。（5，70，1773）

【後生】年輕。

《漢語大詞典》首引（明）《二刻拍案驚奇》例，偏晚。

他死時極後生，只得三十餘歲。（8，137，3257）

【忽突】突然。

《漢語大詞典》首引碧野《沒有花的春天》例，偏晚。

遂言「凡事豫則立」，則此「凡事」正指「達道、達德、九經」可知。「素定」，是指先立乎誠可知。中間方言「所以行之者一」，不應忽突出一語言「凡事」也。（4，64，1562）

【皇懼】驚慌恐懼。皇，通「惶」。

吏初皇懼，某與之云：「有法，不妨只如此去。」（7，106，2641）

【回蹕】指帝王返駕回宮。

《漢語大詞典》首引（清）薛福成《庸盦筆記・史料一・咸豐季年三奸伏誅》例，偏晚。

方建康未回蹕時，胡文定公方被召，沿江而下。（8，127，3054）

【將來】下來；起來。

《漢語大詞典》首引《金瓶梅詞話》例，偏晚。

若不從眼前明白底做將來，這個道理又如何得會自見。（3，41，1061）

【剿滅】征討消滅。

《漢語大詞典》首引（明）唐順之《牌》例，偏晚。

所謂去小人，非必盡滅其類。只是君子道盛，小人自化，雖有些小無狀處，亦不敢發出來，豈必剿滅之乎！（5，70，1763）

【浸灌】浸漬，薰陶。

《漢語大詞典》首引（明）歸有光《莊氏二子字說》例，偏晚。

又曰：「自一身之仁而言之，這個道理浸灌透徹；自天下言之，舉一世之仁，皆是這個道理浸灌透徹。」（3，43，1102）

【旌恤】亦作「旌卹」。表彰死者並撫恤其遺屬。

《漢語大詞典》首引（清）胡其毅《贈農家節婦》例，偏晚。

曰：「方南京建國時，全無紀綱。自李公入來整頓一番，方略成個朝廷模樣。如僭竊及嘗受僞命之臣，方行誅竄；死節之臣，方行旌恤。然李公亦以此去位矣。」（8，131，3139）

【究索】研究探索。

《漢語大詞典》首引（清）曾國藩《〈朱愼甫遺書〉序》例，偏晚。

某此間講說時少，踐履時多，事事都用你自去理會，自去體察，自去涵養。書用你自去讀，道理用你自去究索。某只是做得個引路底人，做得個證明底人，有疑難處同商量而已。（1，13，223）

【就戮】受戮，被殺。

《漢語大詞典》首引（明）王瓊《雙溪雜記》例，偏晚。

曰：「如此，則父子俱就戮爾，亦救太公不得。若『分羹』之語，自是高祖說得不是。」（8，135，3220）

【拘蔽】拘泥，遮蔽。

《漢語大詞典》首引（清）陳確《與劉伯繩書》例，偏晚。

問：「禮義本諸人心，惟中人以下爲氣稟物欲所拘蔽，所以反著求禮義自治。若成湯，尚何須『以義制事，以禮制心』？」（5，79，2029）

【拘滯】拘泥呆板。

《漢語大詞典》首引（明）王世貞《藝苑卮言》例，偏晚。

如今人見學者議論拘滯，忽有一個說得索性快活，亦須喜之。（3，40，1032）

【抉破】揭破；戳破。

《漢語大詞典》首引中國近代史資料叢刊《辛亥革命・吳烈士暘谷革命史》例，偏晚。

須知道求生害仁時，雖以無道得生，卻是抉破了我個心中之全理；殺身成仁時，吾身雖死，卻得此理完全也。」（3，45，1153）

【開首】開始；起頭。

《漢語大詞典》首引（清）《兒女英雄傳》例，偏晚。

春秋一發首不書即位，即君臣之事也；書仲子嫡庶之分，即夫婦之事也；書及邾盟，朋友之事也；書「鄭伯克段」，即兄弟之事也。一開首，人倫便盡在。（7，103，2160）

【涼傘】亦作「涼傘」。用以遮蔽陽光的傘。

《漢語大詞典》首引（元）周達觀《真臘風土記・國主出入》例，偏晚。

極星卻到處視之以爲南北之中了，所以無差。如涼傘然，中心卻小，四簷卻闊，故如此。（6，86，2214）

【路道】方言。途徑；門路。

《漢語大詞典》首引（清）《文明小史》例，偏晚。

若是經一番，便自知得許多路道，方透徹。（4，49，1203）

【閭黨】猶鄉里，鄰里。

《漢語大詞典》首引（明）袁宏道《壽何孚可先生八十序》例，偏晚。

如小夫賤隸閭黨之間，至鄙俚之事，君子平日耳目所不曾聞見者，其情狀皆可因此而知之。（3，43，1102）

【螺螄】淡水螺的通稱。一般個體較小。

《漢語大詞典》首引（明）李時珍《本草綱目・介二・蝸螺》例，偏晚。

入息，如螺螄出殼了縮入相似，是收入那出不盡底。（5，74，1887）

【賣卦】以爲人占卜謀生。

《漢語大詞典》首引（元）馬致遠《陳摶高臥》例，偏晚。

謂左丘姓，人有牌牓在賣卦，左氏只是姓左。（8，132，3175）

【泥涴】爲塵土污染。比喻流落風塵。

《漢語大詞典》首引（明）《剪燈餘話·田洙遇薛濤聯句》例，偏晚。

若爲物欲所蔽，即是珠爲泥涴，然光明之性依舊自在。（1，15，308）

【逆度】預測，揣度。

《漢語大詞典》首引（金）董解元《西廂記諸宮調》例，偏晚。

蓋逆詐，億不信，是才見那人便逆度之。（3，44，1134）

【扭撚】謂生硬編造。

《漢語大詞典》首引（明）何良俊《四友齋叢說·史四》例，偏晚。

參同契中亦有些意思相似，與曆不相應。季通云：「扭撚將來，亦相應也。用六日七分。」（4，65，1617）

【醲厚】濃厚。

《漢語大詞典》首引（明）何良俊《四友齋叢說·娛老》例，偏晚。

學者輕於著書，皆是氣識淺薄，使作得如此，所謂「聖雖學作兮，所貴者資；便儇佼屬兮，去道遠而」！蓋此理醲厚，非便儇佼屬不克負荷者所能當。（1，11，194）

【紕薄】謂布帛之類絲縷稀疏，質地單薄。

《漢語大詞典》首引《元典章·工部一·緞匹》例，偏晚。

然絹紕薄，而價高，常致軍人怨詈。（7，106，2651）

【僉押】在文書上簽名畫押表示負責。

《漢語大詞典》首引（元）孟漢卿《魔合羅》例，偏晚。

某向爲同安簿，許多賦稅出入之簿，逐日點對僉押，以免吏人作弊。（7，105，2639）

【牽率】猶言牽強附會。《漢語大詞典》首引（明）文徵明《送提學黃公敍》例，偏晚。

他未來，其心急切，又要進前尋求，卻不是「以意逆志」，是以意捉志也。如此，只是牽率古人言語，入做自家意中來，終無進益。（1，11，180）

【慊足】滿足。

《漢語大詞典》首引現代蘵照《人民程度之解釋》例，偏晚。

自慊者，「如好好色，如惡惡臭」，皆要自己慊足，非為人也。（4，52，1253）

【切己】猶切身。密切聯繫自身；和自己有密切關係。

《漢語大詞典》首引明王守仁《傳習錄》例，偏晚。

如湯「聖敬日躋」，猶是密切處。至武王，並不見其切己事。（3，45，1152）

【私臆】個人的主觀猜測。

《漢語大詞典》首引（明）沈德符《野獲編補遺·內閣·輔臣掌都察院》例，偏晚。

王侍郎普，禮學律曆皆極精深。蓋其所著皆據本而言，非出私臆。某細考其書，皆有來歷，可行。考訂精確，極不易得。林黃中屢稱王伯照，他何嘗得其髣髴！都是杜撰。（6，84，2183）

【題目】指話題。

《漢語大詞典》首引現代丁玲《一九三〇年春上海（之一）》例，偏晚。

又有曰：「其憂世之心，偶然見於擊磬之時。」先生皆不然之，曰：「此是一個大題目，須細思之。」（3，44，1144）

【貼貼】安穩；平靜。

《漢語大詞典》首引（金）趙秉文《缺月掛疏桐》例，偏晚。

既無疑惑，則心便靜；心既靜，便貼貼地，便是安。（1，14，275）

【通同】全部，通通。

《漢語大詞典》首引（明）李昭祥《龍江船廠志》例，偏晚。

聖人言語，只是發明這個道理。這個道理，吾身也在裏面，萬物亦在裏面，天地亦在裏面。通同只是一個物事，無障蔽，無遮礙。（3，36，977）

【透漏】透露洩漏。

《漢語大詞典》首引《元典章·刑部二·繫獄》例，偏晚。

所以言禮者，謂有規矩則防範自嚴，更不透漏。（3，41，1043）

【枉卻】亦作「枉卻」，猶辜負。

《漢語大詞典》首引（明）顧璘《臨江仙·雨中柬譚子羽》例，偏晚。

壽昌問先生：「『此心元自通天地，枉卻靈宮一炷香！』先生《遊南嶽詩》。若在小龍王廟，還敢如此道否？」（7，107，2677）

【違拂】亦作「違咈」。違背，不順從。

《漢語大詞典》首引（明）李東陽《武昌徐公挽詩》序例，偏晚。

以自家父母言之，生當順事之，死當安寧之；以天地言之，生當順事而無所違拂，死則安寧也；此皆是分殊處。（7，98，2522）

【猥碎】卑下瑣碎。

《漢語大詞典》首引（清）姚鼐《贈錢獻之序》例，偏晚。

曰：「看這氣象，便不恁地猥碎。」（3，32，806）

【心量】胸懷，心胸。

《漢語大詞典》首引（元）汪元亨《朝天子·歸隱》例，偏晚。

人之心量本自大，緣私故小。（3，43，1099）

【信得及】能夠相信。

《漢語大詞典》首引（清）《兒女英雄傳》例，偏晚。

曰：「漆雕開已見得這道理是如此，但信未及。所謂信者，真見得這道理是我底，不是問人假借將來。譬如五穀可以飽人，人皆知之。須是五穀灼然曾吃得飽，方是信得及。今學者尙未曾見得，卻信個甚麼！若見人說道這個善，這個惡，若不曾自見得，都不濟事，亦終無下手處矣。」（2，28，713）

【巽順】猶卑順、順從。

《漢語大詞典》首引《明史·曾鑒傳》例，偏晚。

上頭底只管剛，下頭底只管柔，又只巽順，事事不向前，安得不蠱！（5，70，1772）

【押花】押字。因用草書，其形體稍花，故稱。後稱簽字。

《漢語大詞典》首引（明）《警世通言·玉堂春落難逢夫》例，偏晚。

曰：「它便是有思量底。蘇子容押花字常要在下面，後有一人官在其上，卻挨得他花字向上面去；他遂終身悔其初無思量，不合押花字在下。」（7，116，2798）

【掩撲】襲取。

《漢語大詞典》首引（元）王曄《殿前歡·答》例，偏晚。

「是集義所生」，是氣是積集許多義理而生，非是將義去外面襲取掩撲此氣來。（4，52，1255）

【揜蓋】掩蓋。

《漢語大詞典》首引（明）《警世通言·金令史美婢酬秀童》例，偏晚。

欲討匈奴，便把呂后嫚書做題目，要來揜蓋其失。（8，135，3226）

【移蹕】猶移駕。

《漢語大詞典》首引（元）劉壎《隱居通議·學校配享》例，偏晚。

南軒開陳臨安不可居，乞且移蹕建康，然宮禁左右且少帶人，又百司之類，亦且帶緊要底去。（7，103，2609）

【有素】謂具有一定的素養。

《漢語大詞典》首引（清）昭槤《嘯亭續錄·善撲營》例，偏晚。

莫是此事顏子平日講究有素，不待夫子再言否？（3，45，1156）

【圓熟】靈活變通；精明練達。

《漢語大詞典》首引（金）房暤《寄呈岳陽諸友》例，偏晚。

今之人，纔說這人不識時之類，便須有些好處；纔說這人圓熟識體之類，便無可觀矣。（3，43，1109）

【放置】擱置；安放。

《漢語大詞典》首引魯迅《書信集·致王志之》例，偏晚。

而今且放置閑事，不要閑思量，只專心去玩味義理，便會心精，心精，便會熟。（2779）

【鑿說】穿鑿附會之說。

《漢語大詞典》首引（金）王若虛《著述辨惑》例，偏晚。

學《春秋》者多鑿說。《後漢五行志注》載漢末有發范明友奴冢，奴猶活。（6，83，2158）〔註2〕

〔註2〕中華書局黎靖德本《後漢五行志注》後有逗號斷開，此處根據句意刪去。

【責效】求取成效，取得成效。

《漢語大詞典》首引（明）焦竑《玉堂叢語·政事》例，偏晚。

第一不可先責效。纔責效，便有憂愁底意。只管如此，胸中便結聚一餅子不散。今且放置閒事，不要閑思量。只專心去玩味義理，便會心精；心精，便會熟。（1，10，164）

【沾醉】謂大醉。

《漢語大詞典》首引（明）沈德符《野獲編·府縣·金元煥》例，偏晚。

問：「居喪，爲尊長強之以酒，當如何？」曰：「若不得辭，則勉徇其意，亦無害。但不可至沾醉，食已復初可也。」（6，89，2281）

【占奸】猶言奸佞。

《漢語大詞典》首引（元）白樸《梧桐雨》例，偏晚。

老子說話大抵如此。只是欲得退步占奸，不要與事物接。（8，125，2996）

【遮隔】遮蔽阻隔。

《漢語大詞典》首引（明）王守仁《傳習錄》例，偏晚。

曰：「蔽，是遮隔之意。氣自流通不息，一爲私意所遮隔，則便去不得。」（4，52，1264）

【遮攔】遮蔽物；攔阻物。

《漢語大詞典》首引（元）王實甫《西廂記》例，偏晚。

「範圍天地之化。」範是鑄金作範，圍是圍裹。如天地之化都沒個遮攔，聖人便將天地之道一如用範來範成個物，包裹了。（5，74，1894）

【遮瞞】掩蓋；隱瞞。

《漢語大詞典》首引（明）高明《琵琶記·瞷詢衷情》例，偏晚。

常官吏檢點省倉，則掛省倉某號牌子；檢點常平倉，則掛常平倉牌子。只是一個倉，互相遮瞞！（7，106，2642）

【真謹】認真鄭重。

《漢語大詞典》首引《元典章·禮部四·蒙古學》例，偏晚。

李問陳幾叟借得文定《傳》本，用薄紙眞謹寫一部。《易傳》亦然。（7，103，2602）

【支持】對付，應付。

《漢語大詞典》首引（元）蕭德祥《殺狗勸夫》例，偏晚。

天下無道，譬如天之將夜，雖未甚暗，然自此只向暗去，知其後來必不可支持，故亦須見幾而作，可也。（3，44，1142）

【執定】猶堅持。

《漢語大詞典》首引（明）謝榛《四溟詩話》例，偏晚。

問：「當亂世，必如孔子之才可以救世而後可以出，其他亦何必出？」曰：「亦不必如此執定。『君子之仕，行其義也』，亦不可一向滅跡山林。然仕而道不行，則當去耳。」（4，48，1196）

【止約】阻止。

《漢語大詞典》首引（金）董解元《西廂記諸宮調》例，偏晚。

某在潭州時，亦多有民眾欲入衙來哭，某初不知，外面被門子止約了。（6，89，2277）

【逐處】到處，處處。

《漢語大詞典》首引（清）周亮工《有介漫遊遂至江南今日忽返得家書感賦》例，偏晚。

須是大作規模，闊開其基，廣闊其地，少間到逐處，即看逐處都有頓放處。（8，121，2926）

【逞快】放縱，滿足。

《漢語大詞典》首引（元）揭傒斯《送張掾序》例，偏晚。

正如荀子不睹是，逞快胡罵亂罵，教得箇李斯出來，遂至焚書坑儒！（7，104，2619）

【作館】指受聘至人家坐館授徒。

《漢語大詞典》首引（元）盛如梓《庶齋老學叢談·趙清獻公》例，偏晚。
或以科舉作館廢學自咎者。（1，13，246）

補充孤證

【梗礙】阻塞。

《漢語大詞典》僅《宋書·沈慶之傳》一孤證。

曰：「不可如此類泥著，但見梗礙耳。某舊見伊川說仁，令將聖賢所言仁處類聚看，看來恐如此不得。（6，95，2424）

【溫尋】猶溫習。

《漢語大詞典》僅《禮記·中庸》一孤證。

既逐段曉得，將來統看溫尋過，這方始是。（1，14，257）

【繖蓋】即傘蓋。

《漢語大詞典》僅《梁書·武帝紀上》一孤證。

故事，前宰相召還，例賜茶藥繖蓋之屬。（8，131，3147）〔註3〕

【翻空】翻筋斗，形容作文構思時奇想聯翩。

《漢語大詞典》僅《文心雕龍·神思》一孤證。

後面說「監於成憲，其永無愆」數語，是平正實語；不應中間翻空一句，如此深險。夔孫錄云：「言語皆平正，皆是實語，不應得中間翻一箇筋斗去。」（5，79，2038）

【暗曖】昏暗不明貌。

《漢語大詞典》僅張衡《思玄賦》一孤證。

故聖賢之所推尊，學者之所師慕，亦以其心顯白而無暗曖之患耳。（7，115，2773）

【肇判】初分。

《漢語大詞典》僅《秦併六國平話》一孤證。

某看只是當天地肇判之初，天始開，當子位，故以子爲天正；其次地始闢，當丑位，故以丑爲地正；惟人最後方生，當寅位，故以寅爲人正。（2，24，596）

【懾怯】膽小害怕。

《漢語大詞典》僅《荀子·不苟》一孤證。

若無氣魄，便做人衰颯懾怯，於世間禍福利害易得恐動。（4，52，1243）

【流濫】泉水流湧。

《漢語大詞典》僅唐玄奘《大唐西域記·迦濕彌羅國》一孤證。

〔註3〕紙本中該句爲小字。

大抵人心流濫四極，何有定止。一日十二時中有幾時在軀殼內？與其四散閑走，無所歸著，何不收拾令在腔子中。（4，59，1412）〔註4〕

【剖決】剖斷，決斷。

《漢語大詞典》無書證。

凡人做事，須是剖決是非邪正，卻就是與正處斟酌一箇中底道理。（5，67，1670）

【積沓】形容多而重疊。

《漢語大詞典》無書證。

「巽而止，蠱」，是事事不理會，積沓到後面成一大弊，故謂之「蠱」，非謂製蠱之道，當巽而止。（5，70，1774）

【有隙】亦作「有隟」。有嫌隙；有怨恨。

《漢語大詞典》僅（唐）許嵩《建康實錄・太祖上》一孤證。

因言秦檜之事云云：「其所以與張魏公有隙之由，乃因魏公不薦他作宰相，而薦趙丞相。」（3，44，1133）

【挑轉】調轉。

《漢語大詞典》僅（宋）葛立方《韻語陽秋》一孤證。

凡「抑」字，皆是挑轉言語。舊見南軒用「抑」字，多未安。（3，44，1135）

【蹷趨】局促，不自然。

《漢語大詞典》僅（宋）張表臣《珊瑚鉤詩話》一孤證。

問：「蹷趨反動其心。若是志養得堅定，莫須蹷趨亦不能動得否？」曰：「蹷趨自是動其心。人之奔走，如何心不動得？」曰「蹷趨多遇於猝然不可支吾之際，所以易動得心。」（4，52，1240）

補收詞條

【承虛接響】人云亦云。

其有知得某人詩好，某人詩不好者，亦只是見已前人如此說，便承虛接響說取去。如矮子看戲相似，見人道好，他也道好。（7，116，2802）

〔註4〕此句用其比喻義「像泉水般流湧」。

【般樣】種，樣。

此只當以人品賢愚清濁論。有合下發得善底，也有合下發得不善底，也有發得善而爲物欲所奪，流入於不善底。極多般樣。（1，4，73）

【對空】交錯。

今新死者祔，則高過穆這一排對空坐；襧在昭一排，亦對空坐。（6，90，2299）

【冗鬧】嘈雜，吵鬧。

賾，只是一箇雜亂冗鬧底意思。（5，75，1914）

【潑】：液體從高處流瀉或傾倒下來。

及天開些子後，便有一塊渣滓在其中，初則溶軟，後漸堅實。今山形自高而下，便似潑義剛作「傾瀉」。出來模樣。（3，45，1156）

【奧澀】艱澀難懂。

先生因言，《論語》中有子說數章，文勢皆奧澀，難爲人解。（2，22，525）

【藏斂】【歛藏】收藏。

生時，全見是生；到夏長時，也只是這底；到秋來成遂，也只是這底；到冬天藏斂，也只是這底。（1，6，107）

若論仁知之本體，知則淵深不測，衆理於是而歛藏，所謂「誠之復」，則未嘗不靜。（3，32，822）

【隱若】隱忍。

如條侯擊吳楚，到洛陽，得劇孟，隱若一敵國，亦不信。他說道，如何得一箇俠士，便隱若一敵國！（8，134，3216）

【快慊】滿足；滿意。

蓋「知至而後意誠」，則知至之後，意已誠矣。猶恐隱微之間有所不實，又必提掇而謹之，使無毫髮妄馳，則表裏隱顯無一不實，而自快慊也。（2，16，332）

【蓋庇】掩蓋。

謂如人爲善，他心下也自知有箇不滿處，他卻不說是他有不滿處，卻遮蓋

了，硬說我做得是，這便是自欺。卻將那虛假之善，來蓋覆這眞實之惡。（2，16，338）

【芘覆】掩蓋。

「小人剝廬」，是說陰到這裏時，把他這些陽都剝了。此是自剝其廬舍，無安身己處。眾小人託這一君子爲芘覆，若更剝了，是自剝其廬舍，便不成剝了。（5，71，1785）

【舛逸】錯誤與散逸。

大概自成襄已前，舊史不全，有舛逸，故所記各有不同。（6，83，2146）

【關過】諮詢，查閱。

如吏房有某注差，刑房有某刑獄，戶房有某財賦，皆各有冊繫日月而書。其吏房有事涉刑獄，則關過刑房；刑房有事涉財賦，則關過戶房。逐月接續爲書，史官一閱，則條目具列，可以依據。（7，107，2666）

【過外】過分。

聖賢只是做得人當爲底事盡。今做到聖賢，止是恰好，又不是過外。（1，8，133）

【差背】差錯，失誤。

陶隱居注《本草》，不識那物，後說得差背底多。緣他是個南人，那時南北隔絕，他不識北方物事，他居建康。」（8，138，3295）

【差迷】差錯，迷惑。

淳稟曰：「伏承教誨，深覺大欠下學工夫。恐遐陬僻郡，孤陋寡聞，易致差迷，無從就正。望賜下學說一段，以爲朝夕取準。」（7，117，2832）

【專狗】專門迎合。

又云：「看講解，不可專狗他說，不求是非，便道前賢言語皆的當。如遺書中語，豈無過當失實處，亦有說不及處。」（1，11，189）

【欺曲】欺詐。

曾子謂之忠恕，雖是借此以曉學者，然既能忠，則心無欺曲，無叉路，即此推將去，便是一。（2，27，684）

【欺僞】欺詐。

曰：「許多事都是一個心，若見得此心誠實無欺僞，方始能如此。」（6，87，2249）

【忿慾】憤怒的欲望。

不敬之念，非出於心。如忿慾之萌，學者固當自克，雖聖賢亦無如之何。至於思慮妄發，欲制之而不能。（1，12，214）

【築塞】堵塞。

今法極繁，人不能變通，只管築塞在這裏。（7，108，2683）

【狃滯】拘泥。

至之問：「程先生當初進說，只以『聖人之說爲可必信，先王之道爲可必行，不狃滯於近規，不遷惑於眾口，必期致天下如三代之世』，何也？」（6，93，2360）

【搭滯】死板，不靈活。

或問《詩》。曰：「《詩》幾年埋沒，被某取得出來，被公們看得恁地搭滯。看十年，仍舊死了那一部《詩》！」（6，80，2091）

古人所謂心堅石穿，蓋未嘗有做不得底事。如公幾年讀書不長進時，皆緣公恁地，所以搭滯了。（（8，121，2934）

【蔽窒】蔽塞。

這便見得他孟子胸中無一毫私意蔽窒得也，故其知識包宇宙，大無不該，細無不燭！（1，15，290）

【密蔽】本指遮蓋得很嚴密，《朱子語類》中比喻「掩飾，隱藏，城府深」之義。

曰：「良，如今人言無嶢崎爲良善，無險阻密蔽。」（2，22，508）

【擒制】擒捉。

或曰：「只是常常省察照管得在，便得，不可用心去把持擒捉他。」曰：「然。只知得不在，才省悟，便在這裏。」或曰：「某人只恁擒制這心，少間倒生出病痛，心氣不定。」（2，25，604）

【藏斂】同「斂藏」，收藏。

春生時，全見是生；到夏長時，也只是這底；到秋來成遂，也只是這底；到冬天藏斂，也只是這底。（1，6，107）

【魂帛】魂帛相當於臨時牌位，以白布或厚紙書寫死者姓名、農曆生卒年月日時，暫時代替神主牌位，即為「魂帛」。供奉於正廳，燒香祭拜，為「豎魂帛」。

曰：「古人多用主命，如出行大事，則用絹帛就廟社請神以往，如今魂帛之類。社只是壇。若有造主，何所藏之！古者惟喪國之社屋之。」（2，25，627）

【用舍行藏】亦作「用行舍藏、用舍行藏」。用之則行，舍之則藏。

問「用舍行藏」章。曰：「聖人於用舍甚輕，沒些子緊要做。用則行，舍則藏，如晴乾則著鞋，雨下則赤腳。」（3，34，874）

【敷繹】即敷演。陳述而加以發揮。

蓋《易》只是箇卜筮書，藏於太史太卜，以占吉凶，亦未有許多說話。及孔子始取而敷繹為《十翼》、《彖》、《象》、《繫辭》、《文言》、《雜卦》之類，方說出道理來。」（5，67，1658）

【撈攬】撈取。

少頃，聞前面有人馬聲，恐是來趕他，乃下馬走入麥中藏。其賊尚以鎗入麥中撈攬，幸而小底不曾啼，遂無事。（8，138，3293）

【張眉努眼】展眉瞪眼。形容表情誇張、做作。

而今人所以知於人者，都是兩邊作得來張眉努眼，大驚小怪。（3，44，1137）

【蓋蔽】【蔽蓋】遮蓋。

人心本明，只被物事在上蓋蔽了，不曾得露頭面，故燭理難。且徹了蓋蔽底事，待他自出來行兩匝看。他既喚做心，自然知得是非善惡。（1，12，205）

問龍行雨之說。曰：「龍，水物也。其出而與陽氣交蒸，故能成雨。但尋常雨自是陰陽氣蒸鬱而成，非必龍之為也。『密雲不雨，尚往也』，蓋止是下氣上升，所以未能雨。必是上氣蔽蓋無發洩處，方能有雨。橫渠正蒙論風雷

雲雨之說最分曉。」木之。（1，2，23）

【萌作】萌發。

纔覺非禮意思萌作，便提卻這「勿」字，一刀兩段，己私便可去。（3，
41，1059）

【安裕】安适。

雖則是有兩樣，大抵都是順理便安裕，從欲便危險。（3，41，1063）

【固滯】冥頑不化。

意是初創如此，有私意，便到那必處；必，便到固滯不通處；固，便到有
我之私處。（3，36，951）

【懸絕】懸殊。

「性相近」，是通善惡智愚說；「上智、下愚」，是就中摘出懸絕者說。（4，
47，1178）

【膰胙】祭肉。

又曰：「當時若致膰胙，孔子去得更從容。惟其不致，故孔子便行。」（4，
48，1195）〔註5〕

【摭撮】抓取，拾取。

因舉書中改古注點句數處，云：「皆如此讀得好。此等文字，某嘗欲看一過，
與摭撮其好者而未暇。」（8，130，3099）

【撝采】隱匿光彩。後有成語「韜光斂彩」，指收斂光采。比喻隱匿
才華，無聲無息。

曰：「他是說春秋成後致麟，先儒固亦有此說。然亦安知是作起獲麟，與
文成致麟？但某意恐不恁地，這似乎不祥。若是一箇麟出後，被人打殺了，
也撝采。」（6，90，2297）

【恐動】嚇唬到。

人若有氣魄，方做得事成，於世間禍福得喪利害方敵得去，不被他恐動。

〔註5〕《朱子語類》中與此句內容相應的文字：「故因燔肉不至而行，則吾之去國，以其
不致燔爲得罪於君耳。」（4，59，1419）

若無氣魄，便做人衰颯儸怯，於世間禍福利害易得恐動。（4，52，1243）

【顛拂】爻辭術語，求養於下則為顛，求食於上則為拂。

直卿因云：「頤之六爻，只是『顛拂』二字。求養於下則爲顛，求食於上則爲拂。」（5，71，1803）

【舛逸】散逸。

大概自成襄已前，舊史不全，有舛逸，故所記各有不同。（6，83，2146）

【殀考】折磨，害累。

或曰：「王介甫以爲『不可使知』，盡聖人愚民之意。」曰：「申韓莊老之說，便是此意，以爲聖人置這許多仁義禮樂，都是殀考人。」（3，35，937）

【殀苦】義同「殀考」，折磨，害累。

可學又問：「林黃中亦主張左氏，如何？」曰：「林黃中卻會佔便宜。左氏疏脫多在『君子曰』，渠卻把此殀苦劉歆。昔呂伯恭亦多勸學者讀《左傳》，嘗語之云：『論孟聖賢之言不使學者讀，反使讀《左傳》！』」（8，123，2960）

【東解西模】猶言東一下，西一下。

又曰：「若是大處入不得，便從小處入；東邊入不得，便從西邊入。及至入得了，觸處皆是此理。今公等千頭萬緒，不曾理會得一箇透徹；所以東解西模，便無一箇入頭處。」（8，121，2919）

【隈隈衰衰】隱隱約約。

悔屬陽，吝屬陰。悔是逞快做出事來了，有錯失處，這便生悔，所以屬陽。吝則是那隈隈衰衰，不分明底，所以屬陰。（5，67，1671）

【肚臟】肚裏。

如人肚臟有許多事，如何見得！其智愈大，其藏愈深。（1，6，106）

【壓翳】遮蔽。

月之望，正是日在地中，月在天中，所以日光到月，四伴更無虧欠；唯中心有少壓翳處，是地有影蔽者爾。（1，2，17）

【摘撮】斷章取義。

某最不要人摘撮。看文字，須是逐一段、一句理會。（1，10，167）

【憂吝】憂慮，遺憾。

不知目前雖遮掩拖延得過，後面憂吝卻多，可見聖人之深戒！（5，70，1774）

【裝影】裝點拉扯。

先生曰：「道無所不在，無窮無盡，聖人亦做不盡，天地亦做不盡。此是此章緊要意思。侯氏所引孔子之類，乃是且將孔子裝影出來，不必一一較量。」（4，63，1534）

【裝定】確定。

曰：「這箇也硬殺裝定說不得，須是意會可矣。以物與理對言之，是如此。只以理言之，是如此，看來費是道之用，隱是道之所以然而不可見處。」（4，63，1532）

【指殺】指出。

孔子說作「龍德而隱，不易乎世，不成乎名」，便是就事上指殺說來。（5，67，1647）

聖人取象處，只是依稀地說，不曾確定指殺，只是見得這些意思便說。（5，73，1846）

【浸長】滋潤生長。

王允是算殺了董卓，謝安是乘王敦之老病，皆是他衰微時節，不是浸長之時也。（5，72，1823）

【劓刵】古代指割鼻、割耳的刑罰。

「非汝封刑人殺人，無或刑人殺人。非汝封又曰劓刵人，無或劓刵人。」康叔爲周司寇，故一篇多說用刑。（5，79，2056）

【謾假】騙取。

曰：「大勢已去了。三晉請命於周，亦不是知尊周，謾假其虛聲耳，大抵人心已不復有愛戴之實。」（4，51，1224）

【莫未】不曾。

問：「朋友之義，自天子至於庶人，皆須友以成，而安卿只說以類聚，莫未該朋友之義否？」（1，13，234）

次日問：「夜氣莫未說到發生處？」曰：「然。然彼說亦一驗也。」（8，138，3288）

【刷】算。統計。

賑濟無奇策，不如講水利。到賑濟時成甚事！向在浙東，疑山陰會稽二縣刷飢餓人少，通判鄭南再三云數實。及子細，刷起三倍！（7，106，2643）

某爲守，一日詞訴，一日著到。合是第九日亦詞訟，某卻罷了此日詞訟。明日是休日，今日便刷起，一旬之內，有未了事，一齊都要了。大抵做官，須是令自家常閑，吏胥常忙，方得。（7，106，2648）

【劃刷】搜刮。

因說賑濟，曰：「平居須是修陂塘始得。到得旱了賑濟，委無良策。然下手得早，亦得便宜。在南康時，才見旱，便劃刷錢物，庫中得三萬來貫，準擬糴米，添支官兵。卻去上供錢內借三萬貫糴米賑糶。」（7，106，2640）

【抄】【抄箚】統計。

紹興時去得遲，已無擘畫，只依常行，先差一通判抄箚城下兩縣飢民。其人不留意，只抄得四萬來人。外縣卻抄得多，遂欲治之而不曾，卻託石天民重抄得八萬人。是時已遲。（7，106，2643）

有言士大夫家文字散失者。先生蹙然曰：「魏元履宋子飛兩家文籍散亂，皆某不勇決之過。當時若是聚眾與之抄箚封鎖，則庶幾無今日之患！」（8，138，3293）

【雞竿】亦作「鷄竿」。一端附有金雞的長竿，古代多於大赦日樹立。

杜公亦罷相，子美除名爲民，永不敘復。子美居湖州，有詩曰：『不及雞竿下坐人！』言不得比罪人引赦免放也。（8，129，3089）

【響】圓滑，說得讓人心裏舒服，容易讓人產生共鳴。如響之應聲也。

李敬子說先生教人讀書云：「既識得了，須更讀百十遍，使與自家相乳入，便說得也響。今學者本文尚且未熟，如何會有益！」（1，10，169）

人說話也難。有說得響感動得人者，如明道會說，所以上蔡說，才到明道處，聽得他說話，意思便不同。蓋他說得響，自是感發人。伊川便不似他。伊

川說話方，終是難感動人。」或曰：「如與東坡們說話，固是他們不是，然終是伊川說話有不相乳入處。」（6，95，2458）

【乳入】融入。

李敬子說先生教人讀書云：「既識得了，須更讀百十遍，使與自家相乳入，便說得也響。今學者本文尙且未熟，如何會有益！」（1，10，169）

純灰恐不實，須雜以篩過沙，久之沙灰相乳入，其堅如石。（6，89，2287）

【步實】踏實。

今之學者，直與古異，今人只是強探向上去，古人則逐步步實做將去。（1，8，139）

【猜搏】猜搏，猜測。

須看古人所以爲此書者何如？初間是如何？若是屈曲之說，卻是聖人做一個謎與後人猜搏〔註6〕，決不是如此！（5，67，1679）

【襯簟】襯，襯托；陪襯。簟，墊。襯簟，指襯托，鋪墊出來。

如莊子說：「風之積也不厚，則其負大翼也無力。」須是理會得多，方始襯簟得起。（7，118，2850）

須盡記得諸家說，方有箇襯簟處，這義理根腳方牢，這心也有殺泊處。（8，121，2920）

只是空見得箇本原如此，下面工夫都空疏，更無物事撐住襯簟，所以於用處不甚可人意。（8，137，3255）

【睹是】實事求是。

羽錄云：「大抵孟子說話，也間或有些子不睹是處。只被他才高，當時無人抵得他。告子口更不曾得開。」（1，4，72）

曰：「聖人也不說道可，也不說道不可，但看義如何耳。佛老皆不睹是，我要道可便是可，我要道不可便是不可，只由在我說得。」（2，26，664）

正如荀子不睹是，逞快胡罵亂罵，教得個李斯出來，遂至焚書坑儒！（7，104，2619）

渠自說有見於理，到得做處，一向任私意做去，全不睹是。（8，124，2978）

〔註6〕搏，中華本作「搏」，誤。

因論古今聖賢千言萬語，不過只要賭是爾。曰：「賭是固好，然卻只是結末一著，要得賭是，須去求其所以。」（7，113，2751）

【俄空】不曾見。

徐孟寶問：「揚子雲言：『《酒誥》之篇俄空焉。』」曰：「孔《書》以巫蠱事不曾傳，漢儒不曾見者多，如鄭康成、晉杜預皆然。想揚子雲亦不曾見。」（5，79，2056）

【格當】框架。

讀古人書，看古人意，須是不出他本來格當。須看古人所以爲此書者何如？初間是如何？（5，67，1679）

【管涉】牽涉。

「肫肫其仁」者，人倫之間若無些仁厚意，則父子兄弟皆不相管涉矣。此三句從下說上。（4，64，1596）

【寒結】寒气聚集。

「哲，時煥若。」哲是普照，便自有和暖底意思。「謀，時寒若。」謀是藏密，便自有寒結底意思。（5，79，2048）

【杭唐】延緩。耽擱。

此等事，本不用問人，問人只是杭唐日子，不濟事。（8，132，3183）

【結殺】結束。

只緣孟子不曾說到氣上，覺得此段話無結殺，故有後來荀揚許多議論出。（8，132，1384）

聖人上面既說得管仲如此大了，後面卻如何只恁地小結殺得？（3，44，1127）

【睽乖】乖離；違背。

「剡木爲矢，弦木爲弧」，只爲睽乖，故有威天下之象；亦必待穿鑿附會，就卦中推出制器之義。（5，75，1915）

【連並】一齊。

但當時諸侯入關，皆被那章邯連並敗了。（6，90，2301）

【了決】順暢。

如法言一卷，議論不明快，不了決，如其爲人。（8，137，3255）

【皃說】皃，「貌」的古字。同「皃言」，指妄言，虛語。

今地理亦不必過用心。今人說中原山川者，亦是皃說，不可見，無考處。舊鄭樵好說，後識中原者見之云，全不是。（5，79，2025）

【惝悸】迷茫執著。

問「心無私主，有感皆通」。日：「無私主也不是惝悸沒理會，只是公。善則好之，惡則惡之；善則賞之，惡則刑之。此是聖人至公至神之化。心無私主，如天地一般，寒則遍天下皆寒，熱則遍天下皆熱，便是有感皆通。」（8，140，3342）

【那下】那裡。

雖上蔡龜山也只在淮河上游遊漾漾，終看他未破；時時去他那下探頭探腦，心下也須疑它那下有箇好處在。（2，18，421）

【聶夾】單薄。

顏子卻是渾厚，今人卻是聶夾，大不同。（7，118，2843）

【扭捏】糾纏。

凡事只如此做，何嘗先要安排扭捏，須要著些權變機械，方喚做做事？又況自家一布衣，天下事那裏便教自家做？知他臨事做出時如何？卻無故平日將此心去扭捏揣摩，先弄壞了！（5，73，1848）

萬一果是，終久不會變著；萬一未是，將久浹洽，自然貫通。不可才有所見，便就上面扭捏。（7，118，2862）

今公們只是扭捏巴攬來說，都記得不熟，所以這道理收拾他不住，自家也使他不動，他也不服自家使。（8，121，2920）

【屈懾】屈服，害怕。

爲學自是要勇，方行得徹，不屈懾。若纔行不徹，便是半途而廢。所以《中庸》說「知仁勇三者」。（4，64，1561）

【影見】：出現。

自「喜怒哀樂未發謂之中」至「天地位焉，萬物育焉」，道怎生地？這箇心

纔有這事，便有這箇事影見；纔有那事，便有那箇事影見？這箇本自虛靈，常在這裏。(4，62，1508)

【相節】【廝匝】相遇。

「天地節而四時成。」天地轉來，到這裏相節了，更沒去處。今年冬盡了，明年又是春夏秋冬，到這裏廝匝了，更去不得。(5，73，1866)

【信采】海選。

聖人也須擇，豈是全無所作爲！他做得更密。生知、安行者，只是不似他人勉強耳。堯稽於眾，舜取諸人，豈是信采行將去？(4，63，1527)

「科舉是法弊。大抵立法，只是立箇得人之法。若有奉行非其人，卻不干法事，若只得人便可。今卻是法弊，雖有良有司，亦無如之何。」王嘉叟云：「朝廷只有兩般法：一是排連法，今銓部是也；一是信采法，今科舉是也。」(7，109，2700)

【敧倚】斜倚，斜靠。

柔弱底中立，則必敧倚。若能中立而不倚，方見硬健處。(4，63，1530)

【迤逗】【迤邐】漸次，拖拖拉拉地。

渠初除浙西制置，胡邦衡除浙東。邦衡搬家從蘇秀，迤逗欲歸鄉，因此罷。(8，132，3170)

呂后只是一箇村婦人，因戚姬，遂迤邐做到後來許多不好。(8，132，3179)

逵既至行在，歸罪於二人，理官無所考證，迄從末減，但編置湖南某州，中途又逃去，或爲道人，或爲行者，或爲人典庫藏，後迤逗望淮去。(8，133，3187)

【張等】等待。

董仁叔問「以意逆志」。曰：「是以自家意去張等他。譬如有一客來，自家去迎他。他來，則接之；不來，則已。若必去捉他來，則不可。」(4，58，1359)

【照身】【憑子】古代過關津時所用的憑證，古亦稱「過所」，猶近代的通行證。

「柔遠」解作「無忘賓旅」。孟子注：「賓客羈旅。」古者爲之授節，如照

身、憑子之類，近時度關皆給之。（4，64，1562）

問：「『送往迎來』，集注云：『授節以送其往。』」曰：「遠人來，至去時，有節以授之，過所在爲照。如漢之出入關者用繻，唐謂之『給過所』。」（4，64，1562）

【做頭】

1. 對著幹。

又如漢高祖爲義帝發喪，那曾出於誠心！只是因董公說，分明借這些欺天下。看它來意也只要項羽殺了它，卻一意與項羽做頭底。」（2，23，550）

且如楚子侵中國，得齊桓公與之做頭抵攔，遏住他，使之不得侵。（4，55，1318）

2. 開始。

如公昨來所問涵養、致知、力行三者，便是以涵養做頭，致知次之，力行次之。（7，15，2777）

【搏謎】【搏謎子】猜謎。

或言：「某人如搏謎子，更不可曉。」（8，139，3314）

說編《通鑑綱目》，尚未成文字。因言：「伯恭《大事記》式藏頭亢腦，如搏謎相以。」（7，105，2636）

【遁悶】自顧自，與世無爭。〔註7〕

南軒嘗言，遁悶工夫好做。（7，103，2605）

【見尤】被責備；被怪罪。

大凡言不謹，則必見尤於人；人既有尤，自家安得無悔！行不謹，則己必有悔；己既有悔，則人安得不見尤！（2，24，590）

【遮閉】指遮蓋得很嚴實，如封閉了一般。

譬如重陰之時，忽略開霽，有些小光明，又被重陰遮閉了。（4，47，1184）

〔註7〕據筆者檢索，該詞未見其他文獻用例。

二、《朱子語類》校勘札記

（一）文字訛誤

〔1〕故《繫辭》云：「以通天下之志，以定天下之業，以斷天下之疑。」正謂此也。初但有占而無文，往往如今之環珓相似耳。（5，70，1768）

此句中「環珓」當爲「杯珓」。黎靖德本《朱子語類》一共提及「杯珓」4次，「環珓」僅此一例。《漢語大字典》「珓」字條云：「迷信占卜吉凶的器具，用玉、蚌殼或竹木製成，兩片可以分合，擲於地，視其俯仰，以定吉凶。稱爲卜珓或擲珓。也做杯珓」《廣韻・效韻》：「珓，杯珓，古者以玉爲之。《集韻・效韻》：「珓，杯珓，巫以占吉凶器者。」《漢語大詞典》「杯珓」條：亦作「杯筊」、「梧筊」。杯珓。占卜之具。用蚌殼或形似蚌殼的竹木兩片，投空擲於地，視其俯仰，以定吉凶。又寫成「珓杯」。《漢語大詞典》亦收「環珓」，書證有二。其一即爲《朱子語類》上條例句。其二爲清袁枚《新齊諧・關神斷獄》：「（王某）妻大懼，誣雞爲孝廉所竊，孝廉與爭，無以自明，曰：『村有關神廟，請往擲環珓卜之，卦陰者婦人竊，卦陽者男子竊。』」經筆者核實，《清代筆記叢刊》中所收的《子不語》中亦爲「環珓」，〔註8〕而有民國新式標點本《子不語正編》則改爲「杯珓」。〔註9〕我們認爲，該詞的正確寫法應爲「杯珓」，其中「杯」可能受「珓」偏旁類化的影響而出現「環珓」的寫法，所指相同。

〔2〕或言：「某人如搏謎子，更不可曉。」（139，3314）

據朝鮮徽州古寫本（139，1888），「搏」當爲「搏」。「搏」之繁體與「搏」字形易混。另有用例可證：「說編通鑒綱目，尚未成文字。因言：「伯恭大事記忒藏頭亢腦，如搏謎相以〔註10〕。又，解題之類亦大多。」（7，105，2636）「搏謎」猶猜謎。《朱子語類》中出現「猜搏、搏摸、搏量」共4例，a若是

〔註8〕清代筆記叢刊（第一冊），文明書局，民國十二年。

〔註9〕子不語正編（上卷），啓智書局，民國二十四年：23。

〔註10〕此句中「以」，朝鮮徽州古寫本作「似」（105，1483），兩字古通用。《易・明夷》：「內難而能正其志，箕子以之。」陸德明《釋文》：「以之，鄭、荀、向作『似之』。」高亨注：「按『以』借爲『似』」。

屈曲之說，卻是聖人做一個謎與後人猜搏，決不是如此！（5，67，1679）b 莫要一領他大意，便去搏摸，此最害事！（7，116，2799）c 如一碗燈，初不識之；只見人說如何是燈光，只恁地搏摸，只是不親切。（7，97，2484）d 且如前日令老兄作《告子未嘗知義論》，其說亦自好；但終是搏量，非實見得。（7，113，2749）其中「搏」均表「猜測，揣摩」義。

〔3〕溫公《儀》人所憚行者，只爲閑辭多，長篇浩瀚，令人難讀，其實行禮處無多。某嘗修《祭儀》，只就中間行禮處分作五六段，甚簡易曉。後被人竊去，亡之矣。李丈問：「《祭儀》更有修收否？」曰：「大概只是溫公《儀》，無修改處。」（6，90，2313）

句中溫公《儀》指司馬光的《溫公書儀》，《四庫全書總目提要》卷二十二載：「又《與蔡元定書》曰『《祭儀》只是於《溫公書儀》內少增損之』云云，則朱子固甚重此書。後朱子所修《祭儀》爲人竊去，其稿不傳。則此書爲禮家之典型矣。」[7] 根據文意，首句「溫公《儀》」後應斷開：「溫公《儀》，人所憚行者」；後句中「修收」當爲「修改」之誤。

〔4〕曰：「《春秋》是當時實事，孔子書在冊子上。後世諸儒學未至，而各以己意猜傳，正橫渠所謂『非理明義精而治之，故其說多鑿』，是也。」（6，83，2175）

據朝鮮徽州古寫本（83，1244），該句中「猜傳」，當爲「猜搏」。「團、搏」均有「猜度、估量」義。如：曰：「便是項羽也有商量，高祖也知他必不殺，故放得心下。項羽也是團量了高祖，故不敢殺。」（6，90，2302）此句朝鮮徽州古寫本作：「便是此事羽亦商量過來，羽搏量了高祖，故不敢殺。」（135，1844）蔣冀騁、吳福祥《近代漢語綱要》認爲「『團：猜也。』……『團』、『搏』當是一詞之異寫，皆是『猜』的意思。雲從師云：『團有斯義』乃揣量，揣摩字之假借。」〔註11〕

（二）句讀失誤

〔5〕先生看天雨，憂形於色，云：「第一且是攢宮掘個窟在那裏，如何保得無水出！梓宮甚大，攢宮今闊四丈，自成池塘，柰何！

〔註11〕蔣冀騁、吳福祥，近代漢語綱要，湖南教育出版社，1997：276。

奈何！這雨浸淫已多日，奈何！」是夜雨甚，先生屢惻然憂歎，
謂：「明日掩攢雨，勢如此，奈何！」再三憂之。（7，107，2667）

此句兩處斷句誤。前一處爲「第一且是攢宮掘個窟在那裏」，「攢宮」後
當斷開。攢宮，帝、后暫殯之所。宋南渡後，帝、后壟塚均稱「攢宮」。表示
暫厝，準備收復中原後遷葬河南。《舊唐書・哀帝紀》：「庚子，啓攢宮，文武
百僚夕臨於西宮。丁未，靈駕發引。」朱熹擔憂的首先是「攢宮」，後面解釋
擔憂的原因。另一處爲下文「明日掩攢雨，勢如此，奈何！」斷句亦誤。掩
攢，安葬。攢，待葬的棺柩。（宋）周密《癸辛雜識前集・賈母飾終》：「太史
選用來年正月二十三日起攢，二月初三發引，三月十三日掩攢。」根據句意
當爲：「明日掩攢，雨勢如此，奈何！」

〔6〕曰：「正要理會聖人之心如何得恁地。聖人之心更無些，子渣
滓。故我之心淘來淘去，也要知聖人之心。」（3，34，883）

句中「聖人之心更無些，子渣滓。」斷句誤，此逗號應刪去。另有用例
可證：又云：「看文字，且須平帖看他意，緣他意思本自平帖。如夜來說『不
遷怒，不貳過』，且看不遷不貳是如何。顏子到這裏，直是渾然更無些子渣滓。」
（3，30，768）「些子」乃唐宋口語詞。表「少許，一點兒」。李白《清平樂》
詞：「花貌些子時光，拋入遠泛瀟湘。」蘇軾《東坡志林・論修養帖寄子由》：
「尋常靜中推求，常患不見；今日鬧裏忽捉得些子。」

〔7〕學《春秋》者多鑿說。《後漢五行志注》〔註12〕，載漢末有發范
明友奴塚〔註13〕，奴猶活。（6，83，2158）

上句《後漢五行志注》逗號應去掉。

〔8〕仁本切己事，大小都用得。他問得空浪廣不切己了，卻成疏闊。」
（3，33，843）

此句「空」後應斷開。「他問得空，浪廣不切己了，卻成疏闊。」句中「浪
廣」，猶空泛。

〔9〕陳丈言：「孟子，趙岐所記者，卻做得好。」曰：「做得絮氣悶
人。東漢文章皆如此。」（4，78，1218）

〔註12〕後漢五行志注載朝鮮本『注』下有『中』字。
〔註13〕載漢末有發范明友奴塚『塚』原作『家』，據後漢書五行志五注改。

此句「絮」後應斷開。前文有相應的記錄爲：「或言：『趙岐孟子序卻自好。』曰：『文字絮，氣悶人。東漢文章皆然。』」（5，78，1984）句中「絮氣」謂文字繁瑣晦澀。《漢語大詞典》「絮氣」條書證用此例，斷句亦錯誤。

（三）徵引不確

〔1〕a 白居易詩云：「行年三十九，歲暮日斜時。孟子心不動，吾今其庶幾！」詩人玩弄至此！（1，15，302）[註14] b 白樂天有詩：「吾年三十九，歲暮日斜時。孟子心不動，吾今其庶幾！」此詩人滑稽耳！（1，15，303）c「行年三十九，歲莫日斜時。孟子心不動，吾今其庶幾！」此樂天以文滑稽也。（8，140，3328）

以上三處均引自白居易《隱幾》，但文字有差異。a、b、c 三句中「孟子」當爲「四十」；b 句「吾年」當爲「行年」，c 句「歲莫」中「莫」乃「暮」之古字。《白居易詩全集》卷六（上）《隱幾》：「行年三十九，歲暮日斜時。四十心不動，吾今其庶幾？」《全唐詩》（13，429，4726）同。詩句「四十心不動」化典於《孟子》卷三（公孫丑上）：「公孫丑問曰：『夫子加齊之卿相，得行道焉，雖由此霸王，不異矣。如此則動心否乎？』孟子曰：『否！我四十不動心。』」而宋人常引作「孟子心不動」。又如（宋）蘇轍《同子瞻次過遠重字韻》中亦有類似的詩句：「孟子自誇心不動，未試永嘉鐵輪重。」

〔2〕退之《木鵝詩》末句云：「直割蒼龍左耳來！」事見《龍川志》，正是木鵝事。（8，140，3328）

① 《木鵝詩》當爲《答道士寄樹雞》。《韓愈集》卷十（律詩二）《答道士寄樹雞》「……直割乖龍左耳來。」《全唐詩》（10，344，3859）同。「蒼龍」當爲「乖龍」，「《龍川志》」當爲「《龍城志》[註15]」。《韓愈集》卷十（律詩二）後有文字云：「柳子厚《龍城志》：『茅山道士吳綽采藥於華陽洞口，見一兒手把三珠，戲於松下，綽從之奔入洞口，化爲龍，以三珠塡左耳中，綽剚其耳，而失其珠。』」又馮贄《雲仙錄》：「天罰乖龍，必割其耳。」

〔註14〕括弧中的數字分別爲黎靖德本《朱子語類》的冊數、卷數和頁碼，《全唐詩》、《全宋詩》同；朝鮮徽州古寫本《朱子語類》僅標注卷數和頁碼。

〔註15〕柳子厚《龍城志》，亦稱《龍城錄》，作者是否爲柳，學術界尚有爭議。

②「木鵝」即「木耳」。李時珍《本草綱目》菜部第二十八卷：木耳《本經》中品（釋名）：「木檽、木菌、木㯶、樹雞（韓文）、木蛾。時珍曰：木耳生於朽木之上，無枝葉，乃濕熱餘氣所生。曰耳曰蛾，象形也。曰檽，以軟濕者佳也。曰雞曰㯶。因味似也。南楚人，謂雞爲㯶。曰菌，猶蜠也，亦象形也。蜠乃貝子之名。或曰：『地生爲菌，木生爲蛾。北人曰蛾，南人曰蕈。』」由上可知，《朱子語類》中「木鵝」即「木蛾」，乃木耳也。

〔3〕崔德符《魚詩》云：「小魚喜親人，可鉤亦可扛；大魚自有神，出沒不可量。」如此等作甚好，《文鑑》上卻不收。不知如何正道理不取，只要巧！（8，140，3330）

①《魚詩》當爲《觀魚》，「鉤」當爲「釣」，形誤。「扛」當爲「網」。《全宋詩》、《後村集》均作「網」，《後村詩話》卷二作「綱」，蓋因「綱」和「網」的繁體形近致誤，朱熹誤說成「綱」，弟子記錄時用了同音字，當改爲「網」。《全宋詩》（20，1192，13481）崔鷗（字德符）《觀魚》：「小魚喜親人，可釣亦可網。大魚自有神，隱見誰能量。老禪雖無心，施食不肯嘗。時於千尋底，隱見如龍章。」

②出沒不可量。《全宋詩》、《後村集》卷十八均作「隱見誰能量」與後句「隱見如龍章。」相呼應。

〔4〕歐公最喜一人送別詩兩句云：「曉日都門道，微涼草樹秋。」又喜王建詩：「曲徑通幽處，禪房花木深。」（8，140，3334）

①前一首詩中「草樹」當爲「苑樹」。該詩爲殘句，作者及詩題已難考證。魏慶之《詩人玉屑》卷六載：「歐公最喜朝士送行兩句云：『曉日都門道，微涼苑樹秋。』又深喜常建兩句云：『曲徑通幽處，禪房花木深。』」〔註16〕魏慶之，南宋建安（今屬福建）人。與朱熹爲同時人。其記載之準確性應該很高。另阮閱《詩話總龜》卷四十三「送別門」：「劉綜學士出鎮並門，兩制館閣皆以詩餞其行，因進呈。章聖深究詩雅，時方競尚西昆體，埭裂雕篆，親以御筆選其平淡者，得八聯句云：『夙駕都門曉，涼風苑樹秋。』」〔註17〕都門，京都城門。苑，古稱養禽獸、植林木的地方，多指帝王或貴族的園林。詩句中

〔註16〕（宋）魏慶之《詩人玉屑》（上），上海古籍出版社，1978：126。
〔註17〕（宋）阮閱《詩話總龜》（前集），人民文學出版社，1987：401。

「都門」和「苑樹」相對，「苑樹」優於「草樹」。

　　②後一首詩作者「王建」當爲「常建」，《詩人玉屑》中是正確的。詩句出自唐詩《題破山寺後禪院》，作者是常建。而王建（約 767～約 831 後），唐代詩人。此詩收入 753 年成書的《河嶽英靈集》，那年王建還沒有出生。原文應該是「竹徑」，但宋人更多引作「曲徑」，此爲文本不同，也可知唐宋趣味之不同。此詩亦見於唐人殷璠《河嶽英靈集》，殷璠與常建爲同時人，不會弄錯。唐人選本《又玄集》同。朱子所引歐陽修的說法見文淵閣《四庫全書》本卷七十三《文忠集》「題青州山齋」，也說此詩作者爲常建。〔註18〕

　　　　〔5〕龍氣盛，虎魄盛，故龍能致雲，虎能嘯風也。許氏《必用方》，
　　　　　　首論「虎睛定魄，龍齒安魂」，亦有理。（8，138，3285）

　　句中《必用方》書名號應改爲引號，「虎晴」當爲「虎睛」。許氏「必用方」指宋代許叔微的《普濟本事方》，又名《類證普濟本事方》、《本事方》。約刊行於紹興二年（1132）。該書成於許氏晚年，爲其生平歷驗有效之方、醫案和理論心得的彙集之作，取名「本事」，意其所記皆爲親身體驗的事實。中華本「必用方」加書名號，不妥。此蓋朱熹的隨口引用，並非指實際書名。今傳本該書卷一提到：「東方蒼龍，木也。屬肝而藏魂。西方白虎，金也。屬肺而藏魄。龍能變化，故魂遊而不定。虎能專靜，故魄止而有守，予謂治魄不寧者，宜以虎睛；治魂飛揚者，宜以龍齒。」〔註19〕故中華本「虎晴」當改爲「虎睛」。

〔註18〕此處曾請教復旦大學的陳尚君老師和安徽師大的丁放老師。

〔註19〕（宋）許叔微《普濟本事方》，上海科學技術出版社，1959：2。